葉月奏太

未亡人酒場

実業之日本社

未亡人酒場　目次

第一章　冷たい雪と熱い唇

1

小雪まじりの寒風が、アーケード商店街を吹き抜けていく。屋根があっても、十二月の寒さを防げるわけではない。札幌《さっぽろ》の冬は想像していた以上に厳しかった。

（冷えるな……）

新山志郎《にいやましろう》はトレンチコートの襟を立てると歩調を速めた。

吐く息が白く、呼吸をするたび肺から全身が冷えていくようだ。吹きつける風が、頬を刺すように痛かった。

志郎は四十六歳で離婚歴がある。中堅の商社に勤務しており、下期の十月から札幌支店に転勤してきた。

ようやく、こちらの生活に慣れてきたと思ったころ、雪が降って街はひと晩でまっ白に染まった。

車は夏タイヤからスタッドレスタイヤに、人は滑り止め加工がしてある冬底の靴に履き替えていた。一軒家に住んでいる人たちは雪かきが日常になり、雪の降り方によっては通勤時間を早めることも必要だ。真冬になると、電車やバスが遅れることもめずらしくないという。

日が暮れると気温がぐっとさがるが、まだこんなものではないらしい。じきに最高気温も零下になり、二十四時間、冷凍庫のなかにいるような生活になる。北国で暮らす人々には当たり前のことでも、東京で生まれ育った志郎にとっては驚きの連続だった。

先ほど『すすきの』で開かれた会社の忘年会が終わり、二次会の誘いをやんわりと辞退して『狸小路《たぬきこうじ》商店街』に流れてきたところだ。

今夜はひとりで飲みたい気分だった。

とはいっても、馴染《なじ》みの店があるわけではない。新しい職場に馴染むのに必死で、まだ札幌のことはよく知らなかった。

今は地下街の入口がある四丁目から、アーケード商店街を西に向かって進んでいる。七丁目あたりに地元の人が通う酒場がたくさんあると聞いていた。

札幌の中心部にある『狸小路商店街』は、東西約九百メートルに亘《わた》って伸びており、二百店舗ほどが軒を連ねている。すぐ近くにある歓楽街『すすきの』がネオンで煌《きら》びやかなのに比べて地味な印象だが、昔から札幌市民に愛されている場所だという。

金曜日ということもあり、夜十時をすぎても商店街は多くの人々が行き交っている。とくに四丁目付近の飲食店や土産物《みやげもの》屋、ドラッグストアは外国の観光客で混み合っていた。

だが、六丁目あたりから人通りが落ち着いてくる。より地元色が濃くなり、飲み屋が増えてきた印象だ。

気温は零下だというのに活気があった。仕事帰りのサラリーマンや若いカップルまで、誰もが楽しげに歩いている。住めば都というが、なにしろ極寒の過酷な環境だ。いつか慣れる日が来るのだろうか。

炭火焼きの香りに惹《ひ》かれるが、さらに商店街を奥まで進んでみる。すると、アーケードは七丁目の端で途切れていた。

(屋根がないのか……)

八丁目からは小雪が舞うなかを人々が歩いているが、雪道に慣れていないので不安だった。

冬の北海道では毎年、旅行者が転倒して骨折する事故が相次ぐという。志郎は冬底の革靴を履いているが、それでもまったく滑らないわけではない。危ない思いを何度もしているので、できるだけ雪道は歩かないようにしていた。

(さっきの炭火焼きの店にするか)

戻ろうとしたとき、ひとりの女性が志郎のすぐ隣をとおった。

甘いシャンプーの香りがふわっと漂い、横顔がチラリと見えた。年の頃は三十代前半といったところだろうか。少し目尻のさがったやさしげな瞳と透きとおるように白い肌が印象的だ。ギリシャ彫刻のように整った顔立ちだが、どことなく陰が感じられた。

黒いダウンコートを羽織っており、黒のロングブーツを履いている。端整な横顔だけではなく、後ろ姿にも惹きつけられた。

その女性はアーケードの端でいったん立ち止まった。

道に迷っているのか、それとも志郎と同じで目的の場所がないのだろうか。少し考えたのち、彼女は七丁目の角を左に曲がっていった。

（どこに行くのかな……）

見ず知らずの女性に興味が湧いた。

アーケード商店街の端から通りを覗《のぞ》いてみる。ところが、すでに彼女の姿は見当たらなかった。

近くの店に入ったのだろうか。志郎も角を曲がり、小雪が舞い散るなかを進んでみた。

（ここか？）

すぐに青い螺旋《らせん》階段が現れて、思わず立ち止まった。

三階建ての小さなビルだ。雪をかぶった看板を見やると、飲み屋が何軒も入っているようだった。すすきののように、派手なネオンで飾っていないところに好感が持てた。

先ほどの女性は、このビルに入ったのかもしれない。どの店かはわからないが、せっかくなので覗いてみるのも悪くないだろう。

青い螺旋階段を二階にあがってみた。

細い廊下が奥までつづいており、左右に店が三軒ずつ並んでいる。一階にも三階にも店はあるようだ。これだけあるなかで、彼女が入った店を探すのはむずかしいだろう。

(まあ、俺には縁のない人ってことだよな……)

志郎はひとり苦笑を漏らし、右側手前の店に歩み寄った。

木製ドアの窓から店内を覗いてみる。照明が絞られており、壁に取りつけられたモニターには洋楽のライブ映像が流れていた。左奥にひろがるカウンターのなかには、金髪をツンツンに立てたマスターの姿があった。

志郎より年上だと思われるが、金髪のせいでわかりづらい。黒いコック服を着て、黙々とグラスを磨いている。ときおり照明に翳《かざ》して、グラスの曇り具合をチェックしていた。

(何屋なんだ?)

ドアの横に出ているプレートに、アメリカンバル『JOIN-US』と書いてあった。

メニューも貼ってある。ピザやタコス、それにカリフォルニアロールが食べられるらしい。なにやら不思議な雰囲気の店だった。

「ジョイン、アス……ジョイナス……か」

いっしょにやろうぜ。仲間になろうぜ。確か、そんな意味だったと思う。なんとなく興味を引く店名だ。

初めての店に入るのは、多少なりとも勇気がいるものだ。しかし、このドアを開けば、なにかが待っている気がした。

アメリカ＝自由の国、そんな単純な連想が働いたのも事実だ。日頃、不自由を感じているわけではない。それでも、あのマスターの金髪が自由の象徴のような気がしてならなかった。

ドアノブに手をかけて、恐るおそる押し開いてみる。すると、マスターがグラスを置き、こちらにチラリと視線を向けた。

「いらっしゃいませ。おひとりですか」

落ち着いた声音だった。

「え、ええ……」

薄暗い店内にはカウンターが六席にテーブル席が四つあるが、あの女性の姿は見当たらない。そればかりか、客はひとりもいなかった。もしかしたら、もう店を閉めるところだったのだろうか。

「まだいいですか？」

遠慮がちに尋ねると、マスターは口もとにダンディな笑みを浮かべた。

「もちろんです」

しなやかな仕草でカウンターにコースターを置いてくれる。左奥から二番目の席だった。

志郎はコートを脱ぐと、壁に取りつけられているハンガーラックに吊《つる》した。そのとき、壁がピンクだったことに気がついた。

（すごい色だな……）

内心身構えるが今さら帰りづらかった。一杯だけ飲もうと、緊張ぎみにスツールに腰をおろした。

「ハイボール……お願いします」

「かしこまりました」

マスターが手際よくハイボールを作りはじめる。グラスに入れた氷を水でゆすいでから、ウイスキーと炭酸を注《つ》いでいく。マドラーで混ぜる手つきもなめらかで、志郎は思わず手もとを注視していた。

「お待たせしました」

カウンター越しにグラスを置くと、マスターは再びグラスを磨きはじめる。それ以上、声をかけてくることはなかった。

「うまい……」

志郎はハイボールをひと口飲んでつぶやいた。

これまで飲んできたものとはなにかが違う。ウイスキーは特別高価なものではなく、炭酸もそれほど違いはないだろう。それなのに、このハイボールは口当たりがよくてまろやかな気がした。

「さっき、氷を洗ったんですか？」

思いきって尋ねてみる。なにか違いがあるとすれば、作るときの技術の差しかなかった。

「氷を水で洗うと味が格段に変わります。それに混ぜ方にもコツがあります」

意外にもあっさり教えてくれた。簡単には真似《まね》できないのかもしれない。マスターの表情には自信が満ち溢《あふ》れていた。

（へえ……なんかいい感じだな）

天井にはミラーボールまであるが、なぜか落ち着く雰囲気だ。志郎はハイボールをもうひと口飲み、息をほっと吐き出した。

（俺、札幌にいるのか……）

今さらながら、しみじみ思った。

入社以来、ずっと東京本社で働いてきた。それなのに、こうして札幌で酒を飲んでいることが不思議だった。

表向きは定期的な人事異動だったが、左遷に近いものだと理解している。おそらく周囲の社員たちも、そう思っているだろう。

事の発端は二年前にさかのぼる。

七年連れ添った妻の早織《さおり》に、突然、別れを切り出された。他に好きな男ができたと言われたのだ。最初は冗談だと思った。だが、妻の決意が固いとわかり、志郎は情けないほどうろたえた。

子宝には恵まれなかったが、それなりに幸せな家庭を築いてきたつもりだ。仕事が忙しいときは、妻を相手にできないときもあった。それでも、まさか離婚を切り出されるとは思いもしなかった。

志郎はやり直したかったが、早織は一方的に離婚を主張した。一度離れてしまった心を引き止めるのはむずかしい。結局、妻に押し切られる形で離婚届に判を押した。

（まさか、早織に限って……）

他に好きな男ができたなんて信じたくなかった。

落胆が大きく、仕事に集中できない日がつづいた。ミスが増えて、同僚たちに迷惑をかけることもあった。最初は同情的だった周囲の目も、だんだんと冷たいものに変わっていった。

心の傷はさらに深くなり、いよいよ生活は荒《すさ》んでいた。気持ちは落ちこむ一方で、仕事にも身が入らなかった。

――いったん、東京を離れてみたらどうだ。

ある日、心配した上司がそう提案してくれた。早いもので離婚から二年が経《た》っていた。

実際は志郎の扱いに困っていただけかもしれない。志郎自身も居づらくなっていたところだ。どうせひとり身なので、転勤になっても問題はない。気分転換になるかもしれないと思い、その場で上司の提案を受け入れた。

そして、十月から新天地での生活がはじまった。

ところが、転勤して二か月経つが、札幌支店の社員とは今ひとつ馴染んでいない。先ほどの忘年会でも、会話はまったく弾まなかった。

もしかしたら、志郎の東京本社での噂《うわさ》が伝わっているのかもしれない。不幸が伝染すると思っているのではないか。誰もが腫れ物に触るように接していた。そんな状態なので、志郎も自ら距離を縮めようとはしなかった。

(どうして、こんなことに……)

晩酌はしない志郎だが、たまには飲みたい夜もある。

とはいえ、すすきのネオンは眩《まぶ》しすぎる。狸小路商店街のどこか懐かしさと温かみのある雰囲気が気になっていた。

ハイボールを半分ほど飲んだときだった。入口のドアがゆっくり開いて、ひとりの女性が入ってきた。

「まだ、よろしいですか?」

遠慮がちな声だった。

「どうぞ」

マスターは先ほどと同じように、カウンターにコースターを置いた。志郎の右隣をひとつ空けた席だった。

(あ……)

なにげなく見やった瞬間、思わず目を見開いた。

先ほどの女性だった。夜道をさまよっていたのか、ダウンコートの肩にうっすらと雪が載っていた。

彼女はダウンコートを脱ぐと、ハンガーラックに吊りさげた。黒のハイネックのセーターに焦げ茶のスカートを穿《は》いている。ブーツは膝下まであり、黒いストッキングがチラリと見えた。

ストレートロングの黒髪が肩にさらりとかかっている。照明を受けて艶やかな光を放っていた。

服の色味は地味だが、成熟した女体は隠しようがない。貞淑そうな顔をしているため、肉感的な身体《からだ》つきがよけいに強調されていた。

セーターがぴったりフィットするデザインなので、乳房の丸みを帯びたふくらみがはっきりわかる。腰はキュッと締まっており、スカートに包まれた尻はむっちりとして大きかった。

志郎はハイボールのグラスを手にしながら、隣をチラチラ気にしていた。すると、スツールに腰かけようとした彼女と視線が重なった。

（うっ……）

その瞬間、胸を射貫《いぬ》かれた気がした。

湖のように透明感のある瞳だった。ほんの一瞬のことなのに、志郎の心は激しく揺れていた。

上手《うま》く言えないが、働いている女性という感じはしない。だからといって、人妻の余裕があるわけでもない。澄んだ瞳の奥に、深い悲しみを湛《たた》えている気がしてならなかった。

(この感じは、いったい……)

これほど動揺しているのは、彼女が美しすぎるせいだけではない。同じ匂いのようなものを感じ、志郎は思わずカウンターに手をついて体を支えるほどの目眩《めまい》を覚えていた。

彼女は軽く会釈をすると、スツールに尻を乗せた。志郎もかろうじて会釈を返して、懸命に視線を引き剝がした。

胸の鼓動が速かった。言葉も交わしていないのに、なぜか猛烈に惹かれてしまう。こういうのをひと目惚《めぼ》れというのだろうか。これまでの人生で経験したことのない感情だった。

「お飲み物は?」

「赤ワインをいただけますか」

美しい楽器のような声音に、ついつい視線が向いてしまう。彼女は背筋をすっと伸ばして、まっすぐマスターを見つめていた。

「銘柄のご指定は？」

「詳しくないんです。口当たりのいいものをお願いします」

「かしこまりました」

マスターがワインを見繕う間、彼女は店内を不思議そうに見まわしていた。どうやら、この店に来るのは初めてらしい。志郎は先ほどまでの自分を見ているような気分になっていた。

「カリフォルニアワインです」

ワイングラスが彼女の前に置かれた。

「ありがとうございます」

丁寧に礼を言うと、ほっそりした指でグラスの細い脚をそっと摘《つ》まんだ。そして、ぽってりした唇をグラスの縁につけて、顔を少し上向かせた。

「ん……」

赤々とした液体が流しこまれる。微《かす》かに喉が上下に動き、ワインを嚥下《えんげ》していくのがわかった。

「美味《おい》しい……」

彼女がぽつりとつぶやけば、マスターは満足げにうなずいた。

見れば見るほど、わけあり風の女性だった。志郎のように今夜は飲みたい気分だったのだろうか。店内のモニターを見るわけでもなく、携帯電話を取り出すこともなく、赤ワインをじっくり味わって飲んでいた。

酒場で飲み慣れていれば、さりげなく話しかけたかもしれない。だが、志郎にそんな度胸はなかった。

「ハイボールもらえますか」

おかわりを頼むときも、視界の隅に映る彼女の姿ばかり気にしていた。

会話はなくても、美女の隣で飲むのは悪くない気分だ。アルコールがじんわり体にまわっていくのが心地《ここち》よかった。

「お会計、お願いします」

彼女はワイン一杯で頬をほんのり染めていた。

会計をすませて、スツールから立ちあがる。ダウンコートを着て店から出るとき、再び志郎と目が合った。今度はこちらから会釈した。すると、彼女の口もとに微笑が浮かんだ。

「お先に失礼します」

囁《ささや》くような声だった。

そのひと言で志郎は舞いあがっていた。初対面のどこの誰だかわからない女性に恋をした瞬間だった。

（四十六にもなってバカだな、俺……）

自分でもそう思うが、この気持ちはとめられない。渇ききった心に、彼女の言葉が染み渡っていた。

2

突然、店のドアが勢いよく開いた。客は志郎ひとりになり、二杯目のハイボールを飲み干したときだった。

「ちょっと、ジョージさん、聞いてよぉ」

店に入ってきた女性が、いきなりマスターに話しかける。おそらく「ジョージ」というのが彼の名前だろう。常連客らしき彼女は、真紅のトレンチコートを脱ぐと慣れた様子でハンガーラックに吊りさげた。

なかに着ていたのは濃紺のスーツだ。スカートの裾から、ナチュラルベージュのストッキングに包まれた膝が覗いていた。

「ねえ、もう大変だったんだから」

彼女はマスターがコースターを出す前に、先ほどの女性が座っていたスツールに腰かけた。

「モモちゃん、お客さんがいるから」

マスターに小声で指摘されて、初めて志郎がいることに気づいたらしい。「モモちゃん」と呼ばれた女性は、志郎に向き直って照れ笑いを浮かべた。

「すみません、うるさかったですよね」

童顔の愛らしい女性だった。笑うとなおさら幼い感じになるが、年は二十代半ばといったところだろう。

ダークブラウンのふんわりした髪が、肩先で柔らかく揺れていた。手脚がすらりと長く、プロポーションは抜群だ。白いブラウスの胸もとが大きくふくらんでおり、ジャケットの襟を左右に押しひろげていた。

「お、お構いなく……」

志郎は言葉に詰まり、慌てて彼女の乳房から視線を引き剝がした。

きた。

「ここは、よく来るんですか？」

人見知りしない性格らしい。彼女は小首をかしげるようにしながら話しかけて
「い、いえ、初めてです」

志郎が答えると、彼女は楽しげに笑った。

「とってもいいお店ですよ。なんて、わたしはただの客だけど」

「常連さんなんですね」

「どうでしょう、週末はだいたい来てますけど。でも、彼氏ができたら来なくなっちゃうかな」

彼女は八橋桃香《やつはしももか》と名乗った。

二十六歳のＯＬで、札幌駅の近くにある家電量販店で経理の仕事をしているという。人懐っこくて明るい性格なので、話すのが苦手な志郎でも自然と言葉を交わすことができた。

「札幌の方ですか？」

「転勤で札幌に来て、まだ二か月なんです」

「へえ、じゃあ――」

なにが彼女の興味を引いたのかわからない。尋ねられるまま答えているうちに、志郎は簡単な自己紹介をしていた。

「じゃあ、志郎さんは単身赴任？」

「あ、いえ……ひとり身なんで」

離婚の件は口にしたくなかった。

だが、この年で独身というのは不自然に感じるかもしれない。それなのに、桃香はいっさい突っこんでこなかった。

「ちょうど寒くなる時期に来ちゃいましたね」

「ええ、もう寒くてたまらないです」

「でも、今日なんて全然ですよ。まだ暖かいほうです」

そんな客同士のやりとりを、マスターが微笑を浮かべながら見守っていた。

「モモちゃん、なにを召しあがりますか」

「レモンサワーにしようかな」

桃香が注文すると、さっそくマスターがドリンクを作りはじめる。そのタイミングで、桃香が思い出したように口を開いた。

「そうそう、ジョージさん、ちょっと聞いてよ」

「聞いてますよ」

「また振られたのぉ」

つい先ほどまで、合コンで知り合った男性とふたりで飲んでいたらしい。ところが、二軒目に誘ってもらえなかったという。

「また焦ったんじゃないですか」

「焦ってないよう。ただ、このあとどうする、って聞いただけなのに」

「それが焦っているように取られたんですね」

マスターはいつも相談を受けているのか、的確な答えを返していく。どうやら、桃香は惚れっぽい性格らしく、年中、男性に振られているようだ。

「もう、いい男だったのにな……」

桃香が肩をがっくり落としたとき、再び店のドアが開いた。

「こんばんは」

現れたのは、茶色のダッフルコートに身を包んだ女性だった。

年齢は桃香より少し上のようだ。マロンブラウンの髪は緩くウエーブがかかっており、落ち着いた雰囲気が漂っている。マスターに向かってにっこり微笑《ほほえ》みかけたところを見ると、彼女もおそらく常連客なのだろう。

「奈緒《なお》ちゃん、いらっしゃい」

マスターも気軽に答えて、カウンターの一番奥、志郎の左隣の席にコースターを置いた。

「ここが奈緒ちゃんの指定席なんです」

「あ、そうなんですか」

志郎はマスターの言葉にうなずきつつ、上着を脱いでいる「奈緒」という女性に視線を向けた。

彼女が着ているのはグレーのタイトなワンピースだ。伸縮性のあるニット地なので、女体のラインがはっきり浮かんでいる。乳房のふくらみはもちろん、くびれた腰から大きな尻にかけての曲線が生々しかった。

「奈緒さんは人妻なんだよ」

桃香がそっと耳打ちしてくる。

彼女は三谷《みたに》奈緒、近所に住んでいる二十九歳の人妻だという。なるほど、そう言われてみれば、確かに独身女性にはない色香が漂っていた。

「あっ、なんかヘンなこと考えてない？」

「そ、そんなことないですよ」

慌てて答えるが、奈緒の腰つきが気になっているのは事実だ。志郎は顔が熱くなるのを感じて、グラスに残っていた氷を口に入れた。

「桃香ちゃん、なんか言わなかった？」

奈緒が声をかけると、桃香は楽しげに肩をすくめる。まるで悪戯《いたずら》が見つかった子供のような仕草だった。

奈緒は志郎の背後を通り、奥のスツールに腰をおろす。すると、なぜかひとつ空けて座っていた桃香が隣に移動してきた。これで、志郎は女性ふたりに挟まれた格好になった。

（なんか緊張するな……）

だが、悪い気はしない。そろそろ帰るつもりだったが、ついハイボールをおかわりしてしまった。

「お待たせしました」

マスターがすぐにグラスを出してくれる。琥珀《こはく》色の液体のなかで、炭酸の泡がシュワシュワと弾《はじ》けていた。

「ジョージさん、わたしはコロナビールをください」

奈緒が注文すると、カットしたライムが口に刺さった小瓶が出てくる。彼女は慣れた手つきでライムを瓶のなかに落としこんだ。

「こちらのお客さまは、東京から転勤してきたそうです」

マスターがさらりと志郎のことを紹介してくれる。奈緒は身体ごとこちらに向けると、やさしげに微笑みかけてきた。

「せっかくですから乾杯しましょうか。ジョイナスのカウンターに座ったら、もうみんなお友だちですから」

奈緒と桃香もこの店で知り合ったという。確かに、カウンター席で隣り合った客同士が、気軽に話しやすい雰囲気があった。

「乾杯の音頭はジョージさんだね」

桃香が声をかけると、すでにマスターは自分のグラスを用意していた。意外にも焼酎のウーロン割りが好みだという。

「志郎くんとみんなの出会いに、乾杯」

「乾杯！」

「カンパーイ！」

マスターの声に奈緒と桃香がグラスを掲げて応える。志郎は照れ臭い気持ちになりながらもグラスを軽く持ちあげた。

「で、では、乾杯」

今夜のハイボールはやけにうまかった。

マスターの腕がいいのか、それとも雰囲気に酔っているのか。おそらく、その両方だろう。女性ふたりに挟まれて飲めるとは、バツイチ中年男には夢のような状況だった。

「ねえ、ジョージさん。うちの旦那、また出張なの」

奈緒が語りかけると、マスターはわかっているとばかりにうなずいた。

「旦那さん、お忙しいんですね」

すでに何度も聞いている話なのだろう。マスターが諭すようにつぶやくと、奈緒は不服そうに唇を尖《とが》らせた。

「わかってるけど……」

彼女の夫はＩＴ企業で働いており、月に二度は東京本社に出張するらしい。そのたびに淋《さび》しくなり、こうしてひとりで飲みに来るという。

「子供がいれば、淋しさなんて感じてる暇もないと思うけど……志郎さんは、どう思います？」

ふいに話を振られて戸惑ってしまう。妻に離婚を切り出された自分に、アドバイスすることなどなにもなかった。

「むずかしい話ですね……」

思わず言い淀《よど》むと、奈緒は「ふふっ」と笑って肩を軽く叩《たた》いた。

「初対面の女にこんなこと言われても困りますよね」

からかわれただけだろうか。彼女はコロナビールを飲みながら、楽しげに目を細めていた。

「は、はは……」

志郎も笑ってごまかすと、ハイボールを喉に流しこんだ。

「ちょっと、なにイチャイチャしてるの？」

反対側から桃香が肘で脇腹を小突いてくる。自分が蚊帳《かや》の外になっているのが面白くないらしい。

「イ、イチャイチャなんてしてませんよ」

隣を見やると、桃香の頬はすでに赤く染まっていた。

「モモちゃん、あんまり強くないんですよ」

マスターが教えてくれるが、なぜか口もとに笑みを浮かべている。志郎が困っている様子を見て、楽しんでいるようだった。

「ジョージさん、助けてくださいよ」

思わず情けない声を漏らすと、桃香と奈緒が同時にぐっと身を寄せてきた。

「どうして助けを求めるのよ」

「志郎さん、迷惑なんですか？」

ふたりに詰め寄られて、ついついお酒が進んでしまう。志郎は久しぶりに現実を忘れて、楽しいひとときを過ごしていた。

3

翌週の水曜日、志郎の足は自然と狸小路七丁目に向いていた。

金曜日まで我慢できず、また来てしまった。会社で悶々《もんもん》としている時間が耐えがたく、心が非日常を求めていた。

桃香と奈緒、ふたりの女性と過ごした時間が楽しかった。それに、あの名前も知らない女性のことが忘れられなかった。

時刻は夜六時半をすぎたところだ。青い螺旋階段をあがると、ジョイナスのドアをそっと押し開いた。

「こんばんは……」

一度来ただけだが、マスターは自分の顔を覚えているだろうか。志郎は緊張しながらカウンターに向かって声をかけた。

「あ、志郎くん、いらっしゃいませ」

マスターが笑みを浮かべて呼んでくれる。

顔どころか名前まで覚えていてくれたことがうれしくて、志郎は思わず口もとをほころばせた。

まだ時間が早いせいか、他に客の姿は見当たらない。もしかしたら、あの美女に会えるのではないかと期待したが、さすがにそんな上手い話はなかった。マスターは客を待ちながら料理の仕込みをしていた。

「また来ちゃいました」

コートを脱ぎ、カウンターの奥から二番目の席に腰かける。すると、マスターはすぐにコースターを置いてくれた。

「ハイボールください。あと、今日はなにか食べたいと思って」

前回は忘年会のあとだったので、お腹《なか》は空《す》いていなかった。メニューを眺めていると、早くもハイボールが出てきた。

「じゃあ、巻きますか」

「巻くって？」

思わず聞き返すと、マスターはにやりと笑った。

「本場のカリフォルニアロールはいかがですか」

なぜか自信満々の顔つきになっている。聞けばマスターはアメリカで二十九年も寿司《すし》を握っていたという。世界的に有名なハリウッド俳優も、マスターの寿司のファンだったらしい。

「じゃあ、それをいただけますか」

せっかくなので頼んでみた。

アメリカにカリフォルニアロールという寿司があるのは聞いたことがある。しかし、これまで食べる機会はなかった。正直なところ、日本の寿司よりうまいはずがないと思っていた。

マスターはカウンターのなかで包丁を握っている。寿司職人が使う本格的な包丁だ。手もとだけ見ていると、ここがアメリカンバルだということを忘れてしまう。それほどまでに見事な包丁さばきだった。

「お待たせしました」

しばらくして皿に盛りつけされた巻き寿司が出てきた。

「今回はドラゴンロールにしてみました」

「おおっ……」

それはこれまで見たことのない寿司だった。

海苔《のり》ではなくアボカドで巻かれており、なかに海老《えび》の天ぷらが入っている。両端から海老の頭と尻尾《しっぽ》がはみ出ていた。アボカドの色味も手伝って、まるでドラゴンのように見えるというわけだ。

だが、すごいのは見た目だけではなかった。

醬油《しょうゆ》のムースで食べるドラゴンロールは最高の味わいで、アメリカの寿司に抱いていた偏見がひと口で吹き飛んだ。

「なんだ、これは？」

日本の寿司とは異なるうまさが確かにある。これまで食べなかったことを後悔するほど美味だった。

「うまいっ、これメチャクチャうまいですよ」

ハイボールにも合うので、手がとまらなくなった。

金髪のマスターがカウンターのなかで笑みを浮かべている。客が喜んで食べる姿を見るのが好きだという。

（この人、何者なんだ……）

洗いものをしているマスターを見やり、志郎は心のなかでつぶやいた。

まさかこれほどうまいものを食べられるとは思いもしなかった。ハイボールをまったり飲んでいると、ふいにマスターが顔をあげた。

「いらっしゃいませ」

声に釣られて店の入口を見やれば、先日の美女の姿があった。

「あ……」

思わず小さな声が漏れてしまう。すると、彼女も唇をわずかに開いて、会釈してくれた。

「どうぞ」

マスターがコースターを置いたのは、志郎のすぐ隣の席だった。

（……え？）

思わず視線を向けると、マスターは表情を変えずに小さくうなずいた。

もしかしたら、志郎の想いに気づいているのだろうか。いや、そんなことはないはずだ。彼女とはほとんど言葉を交わしていないし、話題に出したこともなかった。

　不思議に思っているうちに、彼女は隣の席に腰かけた。

　この日も足もとは黒のロングブーツで、ダウンコートの下には黒のハイネックのセーターを着ている。スカートは深緑でタイトなデザインだ。熟れた尻の丸みが気になるが、志郎は懸命に前を向きつづけた。

「赤ワイン、お願いします」

　柔らかい声音が耳に心地よかった。

　胸の鼓動が速くなる。今夜再会できたのはなにかの縁かもしれない。彼女に会いたいという気持ちもあって、またこの店を訪れたのだ。ここで話しかけない手はないだろう。

「ま、またお会いしましたね」

　志郎は勇気を振り絞って声をかけた。さりげなさを装ったつもりだが、上手くいっただろうか。

「はい……なんだか落ち着くお店だったから」

　彼女は赤ワインをひと口飲むと、澄んだ瞳で見つめてきた。

　目が合った瞬間、心が震えるほどの衝撃が突き抜ける。胸が苦しくなり、なんとも言えない切なさに襲われた。

(俺、やっぱり、この人のことが……)

どこの誰かもわからないのに、これほど心を動かされるのはなぜだろう。

自分でも不思議だと思う。馬鹿げているとも思うが、人を好きになるのに理由などなかった。

「て、転勤で東京から来たんです、十月に……。それで、この間はふらりとこのお店に入って……」

気持ちがはやり、自分でもなにを言っているのかわからなくなってしまう。とにかく、いったん落ち着こうと残りのハイボールを飲み干した。

「志郎くん、なにを召しあがりますか」

すかさずマスターが尋ねてくる。こちらの会話を邪魔しないように配慮しているのか落ち着いた声音だった。

「じゃ、じゃあ、ハイボールを」

注文をして小さく息を吐き出した。そして、なにを話せばいいのか懸命に考えているときだった。

「志郎さんとおっしゃるんですね」

今度は彼女のほうから話しかけてきた。

「は、はい」

名前を呼ばれただけで舞いあがるような気持ちになってしまう。なんとか会話をひろげたくて、とりあえずフルネームを告げてみた。

「四十六歳のおじさんです」

「おじさんだなんて、そんなことないですよ」

少し場の空気がほぐれてきた気がする。彼女は少し照れた様子で黒谷《くろたに》由紀子《ゆきこ》と名乗ってくれた。

「由紀子さんか……いいお名前ですね」

「ありがとうございます」

由紀子は微笑を浮かべて礼を言うが、どこか淋しげな雰囲気が漂っている。なにかを抱えこんでいるような気がしてならなかった。

「わたしは稚内《わっかない》の出身なんです」

「稚内って遠いですよね」

北海道の一番上、最北端の地が稚内だ。札幌からは何時間もかかる場所で、志郎にはどんなところかまったく想像がつかなかった。

「二年前に引っ越してきて……だから、札幌に知り合いが少ないんです」

由紀子は憂いを帯びた表情でつぶやいた。

二年前といえば、志郎が妻に別れを切り出された年だ。同じころ、ふたりは人生の岐路に立っていたことになる。志郎は彼女との出会いに、なにか運命的なものを感じていた。

「じゃあ、友だちになりましょう。ジョイナスのカウンターに座ったら、みんな友だちらしいですよ」

思いきって提案してみる。

――ジョイナスのカウンターに座ったら、もうみんなお友だちですから。

奈緒がそう言っていたのを思い出したのだ。

実際、志郎は初対面だというのに、桃香や奈緒と仲良くなった。そういう雰囲気がこの店にはあった。

「ジョージさん、そうですよね」

同意を求めると、マスターは微笑を湛えてうなずいた。

「でも、ひとまわりも違うのにお友だちなんて言ったら、志郎さんに失礼な気がして……」

ということは、由紀子は三十四歳なのだろう。桃香や奈緒より近いのだから、志郎としてはまったく問題はなかった。

「年齢に関係なく友だちになれる。ウチはそういう店ですから」

それまで黙っていたマスターがぽつりとつぶやいた。

(ジョージさん、ナイスです！)

志郎は思わず心のなかで叫んだ。マスターのひと言が効いたらしく、由紀子の表情がさらにほぐれた。

「うれしいです……」

囁くような声だった。

彼女の頰が微かに染まっているのは、赤ワインのせいだけではない。心から喜んでいるのが伝わってきた。

「じつは、夫の病気で大きな病院に移る必要があったんです」

「それで稚内から札幌に？」

既婚者だと知ってがっかりする。だが、顔には出ないように気をつけた。

「はい……でも、手遅れでした」

すでに夫は一年前に亡くなったという。

つまり彼女は三十四歳の若さにして未亡人だった。衝撃の事実を聞かされて、志郎は思わず黙りこんだ。

「わたし、どうしてこんなことを……」

打ち明けた由紀子自身も動揺していた。

「つい甘えてしまって……本当にごめんなさい」

もしかしたら、誰かに聞いてもらいたかったのではないか。つらい経験をしている志郎には、由紀子の気持ちが少しはわかる気がした。

「俺、じつはバツイチなんです」

意識的に軽い口調でさらりと告げる。彼女を楽にしてあげたい一心だった。

「当時四十四でした。いい年こいて妻に逃げられてしまいました」

なんとか場の空気を明るくしたくて、わざと自虐的につぶやいた。

しかし、由紀子はなにも言ってくれない。なにやら深刻な表情でワイングラスを口に運んでいた。

(まずい……逆効果だったか?)

打開策が見つからないまま、空気が重く沈みこんでいく。そのとき、またしてもマスターが口を開いた。

「一度だけですか」

「……え？」

なにを言いたいのかわからず、志郎は思わずマスターを見やった。

「離婚は一度だけですか」

「そりゃそうですよ。離婚なんて何度もするもんじゃ……ん？」

なにかが心に引っかかる。マスターの微妙な表情は、いったいなにを意味しているのだろうか。

「もしかして、ジョージさんも……」

離婚歴があるのかもしれない。しかも一度ではないようだ。由紀子も不思議そうにマスターを見つめていた。

「上には上がいる。そういうことですよ」

「ええっ、そうだったんですか？」

なにが上なのかよくわからない。自慢することでもない気がするが、マスターは澄ました顔で口もとにうっすら笑みを浮かべていた。

「なにカッコつけてるんですか」

志郎が思わずプッと噴き出すと、隣で由紀子も「ふふっ」と笑った。

（ジョージさん、やっぱりあなたはすごいですよ）

まだ秘密がたくさんありそうだ。とにかく、マスターの機転のおかげで場の空気がよくなった。

それからは当たり障りのない会話を交わして、ジョイナスの夜はゆっくり更けていった。

4

金曜日の夜九時すぎ、志郎は仕事を終えると再びジョイナスを訪れた。もう少し早く来たかったが、残業があったので遅くなってしまった。

この日はテーブル席に団体客が二組入っていた。忘年会シーズンなので、こういうこともあるのだろう。さすがのマスターも忙しそうで、雑談を交わす余裕はなかった。

カウンター席には桃香と奈緒もいたが、すっかりできあがっていた。

六時の開店から飲んでいたらしい。桃香はもともとあまり強くないし、奈緒も夫のことを愚痴っていたので飲みすぎたのだろう。しばらくすると、ふたりはいっしょに帰ってしまった。

「こんばんは」

もうすぐ十時になろうかというころ、由紀子がやってきた。

志郎に気づくと、彼女の顔に穏やかな笑みが浮かんだ。会釈をしながら歩み寄り、躊躇《ちゅうちょ》することなく志郎の隣に座ってくれた。

「なんとなく、お会いできる気がしていました」

軽く声をかけるだけでテンションがあがってしまう。

約束をしていたわけではないが、由紀子が来ると思った。予感が的中したことで、なおさらテンションがあがっていた。

「お元気でしたか」

その言葉に深い意味はなかったが、ほんの一瞬おかしな間があった。しかし、すぐに彼女はうなずいてくれた。

「志郎さんはいかがですか」

「ええ、まあ……」

今ひとつ歯切れの悪い返事になってしまう。どこか体の具合が悪いわけではないが、心のバランスは危うかった。

とにかく、再会に乾杯をした。

志郎はハイボールで由紀子は赤ワインだ。マスターは忙しそうなので、今夜はふたりだけの時間になった。団体客の笑い声が響くなか、志郎と由紀子はグラスを傾けながら言葉を交わした。

「よく外で飲むんですか？」

志郎が尋ねると、由紀子は小さく首を振った。

「あの日はたまたま、そんな気分だったんです」

彼女の言う「あの日」とは、初めて会った日のことだろう。偶然、志郎も飲みたい気分で、この店に辿《たど》り着いた。話せば話すほど、なにかの縁でつながっている気がしてならなかった。

「ふらりと入ったお店がここでした。そうしたら、志郎さんがいて……不思議と落ち着くんです」

「わかります。いい感じのお店ですよね」

志郎はつぶやきながら、カウンターのなかに視線を向けた。

マスターは手際よく料理を作りつつ、こちらのことも気にしている。グラスが空になると、必ず声をかけてくれた。

志郎はハイボールを、由紀子は赤ワインを何杯か飲んだ。なにも食べていなかったせいか、酔いがまわるのが早かった。

「なんだか楽しくなってきました」

そうつぶやく由紀子の瞳はとろんと潤んでいた。

「ひとりだから、やっぱり淋しいんです」

夫の病気の治療のために、稚内から札幌に引っ越してきたと聞いている。しかし、その夫も亡くなり、彼女は孤独の日々を送っているようだった。

「稚内に帰ろうとは思わないんですか？」

生まれ故郷に戻れば、知り合いもたくさんいるだろう。素朴な疑問をぶつけると、彼女は淋しげな笑みを浮かべた。

「最後に夫とすごした場所ですから、なんとなく離れがたくて。それに……」

由紀子はなにか言いかけたが、途中で口をつぐんでしまった。

まだ悲しみが癒えていないのだろう。志郎も無理に聞き出すつもりはない。親しい人の死を乗り越えるには、どんな慰めの言葉より時間が必要だということを知っていた。

「食道癌《がん》でした。気づいたときはステージ４で……」

知り合いの伝《つて》を頼って、名医がいる札幌の病院に移ったという。夫は稚内の缶詰工場で働いていたが、引っ越したころはもう仕事もできない状態だった。それでも、本人は必ず元気になるとがんばっていたらしい。

「でも、結局……」

由紀子はうつむいて黙りこんだ。

かける言葉が見つからない。こうして誰かに話すだけでも、多少は気持ちが楽になると信じたい。唯一、志郎にできるのは、ひたすら聞き役に徹することだけだった。

「ジョージさん、ハイボールと赤ワイン」

ふたり分のおかわりを注文すると、マスターは無言で小さくうなずいた。

いつの間にか団体客は帰り、店内はすっかり静かになっている。時刻はすでに深夜零時をまわっていた。

地下鉄の終電は零時十五分だ。志郎の住んでいるアパートはそれほど遠くないが、由紀子がどこに住んでいるのか知らなかった。いずれにせよ、終電には間に合わないので、最後の一杯をゆっくり飲んだ。

「そろそろ帰りましょうか」

「……はい」

志郎が声をかけると、由紀子は消え入りそうな声でつぶやいた。

会計をすませて立ちあがる。志郎はトレンチコートを着て、彼女のダウンコートを手に取った。

「立てますか？」

由紀子は飲みすぎたのか、足もとがおぼつかない。コートを着せるが、このままでは心配だった。

「タクシーを呼びましょうか」

マスターが気遣ってくれる。しかし、由紀子は小さく首を振った。

「歩いて帰れます」

近くに住んでいるのだろうか。とはいえ、こんな時間に女性をひとりで帰すわけにもいかなかった。

「どちらにお住まいですか」

「創成川《そうせいがわ》の先です」

志郎が尋ねると、彼女はあっさり教えてくれた。

創成川とは、狸小路一丁目の近くにある小さな川だ。その先ということは、七丁目から一丁目まで歩いて、さらに少し進んだあたりだろう。

「歩くには、ちょっと遠くないですか」

「酔い醒《ざ》ましに歩きたいんです」

「じゃあ、途中までいっしょに帰りましょう。俺は札幌駅の北口なんです」

そう声をかけると、由紀子は虚《うつ》ろな瞳で見あげてきた。

なぜかじっと見つめられて胸の鼓動が速くなる。それでも、動揺を見透かされまいと、志郎は努めて冷静な振りを装った。

「志郎くん、彼女のことよろしくお願いします」

マスターに見送られて店をあとにした。

万が一、螺旋階段を踏みはずしたら大変だ。先に志郎がゆっくり降りると、由紀子はすぐ後ろを黙ってついてきた。

小雪が舞い散る夜だった。

歩道も車道もまっ白に染まっていた。

まっ暗な空から白い雪がふわふわ漂いながら落ちてくる。雨のように地面を叩く音がなく、この時間は車も走っていなければ人も歩いていない。まるで無声映画のなかに迷いこんだような不思議な気分だった。

毎年のことなので札幌の人は見慣れているだろう。しかし、志郎の目にはどこか幻想的な景色に映った。

「……ごめんなさい」

由紀子がぽつりとつぶやいた。

飲みすぎたことを反省しているのか、それとも亡夫の話を聞かせたことを悪いと思っているのか。

飲んで忘れたい夜もある。胸に溜《た》めこんでいるものを思いきりぶちまけたいときもある。

「みんな同じです。俺だって……」

志郎は喉もとまで出かかった言葉を呑《の》みこんだ。

いつか由紀子のように話せる日が来るのだろうか。離婚後に知った衝撃の事実は、まだ自分のなかで消化できていなかった。

気温は間違いなく零下だ。

しかし、今夜は風がほとんどないので、それほど寒さは感じなかった。アルコールが入っているのも影響しているだろう。ここ最近のなかでは比較的すごしやすい夜だった。

歩道は雪が積もっているので滑りやすいが、狸小路商店街ならアーケードがあるので安全だ。志郎はふらつく由紀子を気遣いながら、人気《ひとけ》のない商店街を歩きはじめた。

昼間の喧騒《けんそう》が嘘《うそ》のように静まり返っている。店のシャッターはすべて閉まっており、他に歩いている人はいなかった。ふたりの足音だけが商店街の先まで響いていた。

「終電がなくなると、こんなにガラガラなんですね」

黙っているとよけいに緊張してしまう。だからといって、なにを話せばいいのかわからなかった。どうでもいいことを口にすると、由紀子は隣で小さくうなずいた。

「世界にふたりだけみたいです」

とくに深い意味はないだろう。酔いにまかせて口にしただけだ。しかし、彼女の放った言葉は志郎の心を揺り動かした。

（由紀子さんと、ふたりきり……）

それならそれで構わないと思った。今の抜け殻のような生活より、そのほうがずっと魅力的に感じられた。

どうせ自分にはなにもない。妻を失ったことで、人生の目標まで失ってしまった。どんなにがんばっても妻は帰ってこない。そう思うと、仕事にも身が入らなかった。

狸小路四丁目に差しかかった。

由紀子の住まいはまっすぐだが、志郎のアパートに帰るにはここで左折しなければならない。どうしようか迷ったそのとき、隣を歩いている由紀子が足もとをふらつかせた。

「あ……」

「危ないっ」

とっさに彼女の肩を抱きかかえる。頭で考えるより先に体が動いていた。

「大丈夫ですか？」

「は、はい……すみません」

由紀子がすっと顔をあげる。潤んだ瞳で見つめられて、思わず抱きしめたい衝動に駆られた。

（な、なにを考えてる）

心のなかでつぶやき、慌てて彼女の肩から手を離した。

邪《よこしま》な気持ちがまったくなかったと言えば嘘になる。出会ったときから由紀子に惹かれているのは事実だ。

しかし、彼女はまだ夫を亡くした悲しみから立ち直れていない。弱っている女性を口説くのは違う気がした。それに志郎も自分の気持ちに折り合いがついていなかった。

結局、志郎は曲がることなく、そのまま商店街を直進した。酔っている由紀子をひとりで帰すわけにはいかなかった。

（いや、それは言いわけだな）

もう少し彼女といっしょにいたい。なにもしなくても近くにいたいというのが本音だった。

ふたりは肩を並べて、狸小路商店街を一丁目の端まで歩いた。

由紀子に歩調を合わせたので思ったよりも時間がかかった。ここから先はアーケードがないが、雪はほんの少し舞っているだけだった。

隣の由紀子はうつむき加減で黙りこんでいる。

どこまで送っていくべきだろうか。すでに深夜一時近くになっている。女性のひとり歩きは心配だった。

信号が青に変わるのを待って横断歩道を渡り、創成川に沿って造られた公園に足を踏み入れた。

すると、由紀子がふと立ち止まった。

「ちょっと休んでいきませんか」

彼女の視線の先には、雪をかぶったベンチがあった。

5

ふたりはベンチに並んで腰掛けていた。

道路沿いの店は閉まっており、街路灯の光がかろうじて届いているだけだ。それでも、あたりは雪でまっ白なので意外に明るかった。

昼間は観光客で賑《にぎ》わう二条市場がすぐそこだが、さすがにこの時間は静まり返っている。少し先に見えるコンビニも人が出入りしている様子はない。ときおりタクシーが通る以外は、いっさい物音がしなかった。

隣に座っている由紀子は、うつむいたまま地面の一点を見つめていた。

酔っているのか、それともなにか考えごとをしているのか、横顔からは判別がつかなかった。

「寒くないですか？」

どうにも間が持たなくて声をかけた。

ベンチの雪を払ったので、手のひらがジンジン冷えている。温めようとして擦り合わせていると、その手を由紀子がすっと握ってきた。

「え……」

突然のことにとまどってしまう。志郎はどうすればいいのかわからず、全身を硬直させた。

「冷たい……」

囁くような声だった。

両手で包みこまれて、彼女の体温が伝わってくる。痛いくらい冷えきっていた手が、じんわり温かくなった。

「わたしがよけいなことを言ったから……ごめんなさい」

右隣に座っている由紀子は、身体をぴったり寄せている。手をしっかり握っているだけではなく、スカートに包まれた太腿《ふともも》が志郎のスラックスの脚に密着していた。

「由紀子さんの手が冷えてしまいます」

このままではおかしな気分になりそうだ。手を引こうとするが、彼女は離そうとしないばかりか恋人のように指をからめてくる。手の甲も包みこまれて、さらに身体を寄せてきた。

(こ、これは……)

さらに緊張感が高まった。

腕に柔らかいものが触れている。ダウンコート越しでもはっきりわかる。このふんわりした感触は乳房に間違いなかった。

「くっついたほうが暖かいから……」

由紀子は言いわけのようにつぶやき、志郎の手をさすってくる。うつむいているため、表情をはっきり確認することはできなかった。

「あ、あの、そろそろ――」

帰りましょうと言いかけたとき、由紀子が言葉をかぶせてきた。

「もう少しこのままで……ダメですか?」

すっと顔をあげて、濡《ぬ》れた瞳で見つめてくる。距離が近い。彼女の甘い吐息が鼻先をかすめた。

「ダ、ダメ……じゃない」

拒絶できるはずがなかった。

彼女の考えていることはわからない。とにかく、縋《すが》るような瞳に吸いこまれそうだった。

（ま……まずい）

股間がむずむずしている。離婚してから性欲はすっかり減退していたが、こんな感覚は久しぶりだった。

憂いを帯びた未亡人に迫られて、心が激しく揺さぶられている。

とにかく、艶《なま》めかしい女体を感じてペニスがふくらんでいくのを自覚した。なんとか理性の力で抑えこもうとするが、意識すればするほど股間に血液が流れこんでしまう。

こうしている間も、由紀子はさらに身体を擦り寄せてくる。乳房のふくらみに右肘がめりこみ、柔らかくひしゃげるのがわかった。

（や、やばい、やばいぞ）

焦ったところで、もはや手遅れだ。

こうなったら自分の意志ではどうにもならない。見あげてくる由紀子から視線をそらしても、男根は成長をつづけている。やがて肉棒は完全に芯を通して、スラックスの前が大きく盛りあがってしまった。

「くぅっ」

見つかったらまずいとわかっている。しかし、スラックスのなかは窮屈で、こらえきれない呻《うめ》き声が漏れてしまう。

(頼む、おとなしくなってくれ)

もう祈ることしかできない。つい股間を見おろすと、彼女も釣られたように視線を向けた。

「あ……」

由紀子は小さな声を漏らして固まった。

志郎の股間をじっと見つめて黙りこんでいる。スラックスの布地が盛りあがって、大きなテントを張っているのだ。

(ああ、最悪だ)

なにが起こっているのか、わからないはずがなかった。

彼女が気分を害したのは間違いない。なにか言われる前に、こちらから謝罪しようと思ったそのときだった。

「志郎さん……」

由紀子は囁くような声で呼びかけてくると、スラックスのふくらみに手のひらを重ねてきた。

「うっ……」

思わず小さな声が溢れ出す。軽く触れられただけでも、甘い痺《しび》れが波紋のようにひろがった。

「な……なにを？」

突然のことに頭がついていかない。まったく予想外の展開で、なにが起こっているのか理解できなかった。

「お願いです……今夜だけ甘えさせてください」

由紀子が懇願するようにつぶやいた。

見あげてくる瞳は潤んでいる。小刻みに揺れる黒目の奥に、深い悲しみが滲《にじ》んでいる気がした。

――ひとりだから、やっぱり淋しいんです。

ふと彼女の言葉を思い出す。

最後に夫とすごした場所だから離れがたいとも言っていた。しかし、未亡人となった彼女は孤独に耐えかねている。亡き夫のことを思いながらも、淋しさに押し潰されそうになっているのだろう。

由紀子の瞳から涙が溢れて頬を伝い落ちた。

もしかしたら、葛藤しているのかもしれない。それでも、心と身体は温《ぬく》もりを求めているに違いなかった。

「ゆ……由紀子さん」

志郎はとまどうばかりで、身動きが取れずにいた。

スラックスの上から固くなったペニスを撫《な》でられる。手のひらが、スリッ、スリッと動くたび、快楽がひろがり腰に震えが走り抜けた。

彼女は指をそっと曲げると、布地越しに肉棒をつかんでくる。もどかしい刺激が期待感を煽《あお》り立てて、亀頭の先端から我慢汁が溢れ出した。ボクサーブリーフに染みこみ、ヌルヌルと滑るのもたまらない刺激だった。

「こんなことするの……はじめてなんです」

由紀子が恥ずかしげにつぶやいた。

「ど、どうして、俺なんですか?」

「志郎さん、やさしそうだったから……それに……」

固くなったペニスを撫でまわして、ときおりキュッと握りしめてくる。そのたびに先端からカウパー汁が染み出した。

「ううっ……そ、それになんですか？」

「わたしたち、なんだか似ている気がして……」

彼女もなにかを感じているらしい。まだ互いのことをよく知らないが、確かにふたりは似たような空気を纏《まと》っていた。すべてを語らなくても、自然とわかるものなのだろう。

「こ、これ以上は……」

彼女は股間をいじりつづけている。このままでは、すぐに我慢できなくなってしまう。

「ゆ、由紀子さん」

小声で訴えかけるが、由紀子はまるで聞いていない。それどころか、ベルトを緩めてファスナーをおろしはじめた。スラックスの前を開かれて、グレーのボクサーブリーフが露《あら》わになる。冷気が入りこんでくるが、それより興奮が勝っているせいか寒さは感じなかった。

「ちょ、ちょっと、待ってください」

志郎の訴えは、またしても軽く流されてしまう。ボクサーブリーフをまくりおろされて、屹立《きつりつ》したペニスが剝《む》き出しになった。

「うおっ！」

外気に触れることで、さすがにひんやりする。それでも、男根は雄々《おお》しくそそり勃《た》ち、鉄棒のように漲《みなぎ》っていた。

「ああ……」

由紀子がうっとりした様子で肉棒を見つめてくる。喘《あえ》ぎ声にも似たため息を漏らし、ほっそりした指を野太いペニスに巻きつけてきた。

「うむっ、ま、まずいですよ」

夜の公園で男根を露出しているのだ。深夜とはいえ、誰かが通りかかる可能性はゼロではない。さすがに危険だと思うが、彼女の手を振り払うことはできなかった。

「こ、こんなこと……ううっ」

勃起した男根を握られる快感は格別だ。

忘れかけていた牡《おす》の欲望が急速にふくれあがり、肉棒はさらにひとまわり大きく膨張した。

「すごく熱いです」

由紀子は呆《ほう》けたようにつぶやき、太幹に巻きつけた指をスライドさせる。ゆるゆるしごかれると、先端の鈴割れ部分から透明な汁が溢れ出した。

「うっ……ううっ」

鋭く張り出したカリを未亡人の指が擦りあげる。すると、両脚がビクッと突っ張るほどの快感電流が突き抜けた。

「うぐッ！」

尿道口から先走り液が滾々《こんこん》と湧き出ている。亀頭がしっとり濡れ光り、さらには彼女の指まで濡らしていた。

「だ、誰かに見られたら……」

危険と背中合わせの状況だ。もし通報されたりしたら大変なことになってしまう。だが、そのスリルが異様な快感を生み出していた。

「わたし、酔ってるんです」

由紀子が肉棒をしごきながら、上目遣いに見あげてくる。瞳はしっとり潤んでおり、ぽってりした唇が半開きになっていた。

すべてをワインのせいにするつもりだろうか。

今も目もとはうっすら染まっているが、記憶を失うほど酔っているようには見えなかった。

「お、俺も……酔ってます」

口が勝手に動いていた。

（そうだよ、俺たちは酔ってるんだ。だから……）

酒を飲めば多少羽目をはずすこともあるだろう。由紀子は未亡人で志郎はバツイチだ。伴侶のいない者同士なら、なにがあっても問題なかった。

「あンっ……また大きくなりました」

由紀子が驚いた様子でつぶやいた。そして、志郎の股間に顔を寄せてくる。熱い吐息が亀頭を撫でて、ゾクゾクするような感覚がひろがった。

「な、なにを――ううッ」

志郎の声は途中から快楽の呻きに変わっていた。

未亡人の唇が、亀頭の先端に触れたのだ。チュッと軽くキスされて、そのまま尿道口に舌を這《は》わされた。

「あふっ……むふンっ」

由紀子は太幹に指を巻きつけた状態で亀頭に吸いついている。舌先で鈴割れをくすぐられると、とてもではないがじっとしていられない。志郎は腰をよじらせて、またしても呻き声を漏らしていた。

「ゆ、由紀子さん……くううッ」

「ああっ、志郎さん……はむううっ」

亀頭の先端に押し当てていた唇を、ゆっくり開きながら滑らせる。由紀子は躊躇することなく、ペニスの先端をぱっくり咥《くわ》えこんだ。

「き、気持ち……うむむッ」

彼女の柔らかい唇が、凶器のように張り出したカリを撫でている。呑みこんでは吐き出すことを繰り返し、そのたびに唾液を塗りつけていく。どんどん滑りがよくなり、ベンチから尻が浮くほどの愉悦がひろがった。

「ううウッ、す、すごいっ」

「ンっ……ンっ……」

由紀子が小刻みに首を振っている。スピードはゆっくりでも、敏感なカリを集中的に刺激されていた。

「おおッ、そ、そこは……おおおッ」

真夜中の公園に唾液の弾ける音と、志郎の呻き声が響き渡った。慌てて声を抑えようと奥歯を強く嚙《か》みしめる。しかし、フェラチオされる興奮と快感は大きくなる一方だった。

「はンっ……むふっ……あふンっ」

由紀子も気分を出して首を振る。カリだけを集中的に責めていたと思ったら、不意を突いていきなり根元まで吞みこんだ。

「あむううッ」

「ぬおッ、そ、そんなに……」

ぽってりと肉厚の唇が、太幹の付け根を締めつけている。かと思えば、硬直した茎胴の表面をヌメヌメと滑り、カリ首まで戻ってきた。

(あ、あの由紀子さんが……)

ジョイナスのカウンター席に腰かけて、静かに赤ワインを飲んでいる姿しか知らなかった。

あの淑《しと》やかな未亡人が、深夜の公園でフェラチオしている。自らの意志でペニスを根元まで頰張っていた。志郎の股間に顔を埋《うず》めて、ゆったり首を振っているのだ。

「ンふっ……はむっ……あふぅっ」

微かに喘ぎながら唇を滑らせている。それと同時に舌も使い、亀頭を念入りに舐《な》めまわしてきた。

「ぬううッ」

体は冷えきっているが、しゃぶられているペニスだけは熱い。柔らかい唇で擦られるたび、肉棒はますます硬く漲った。

「ううッ、き、気持ちいい」

とてもではないが黙っていられない。たまらず呻き声を漏らすと、それを合図にしたかのように彼女は首振りのスピードを速くした。

「おおおッ、も、もうっ」

急速に射精欲が押し寄せてくる。両脚が突っ張り、無意識のうちに股間が迫《せ》りあがってしまう。亀頭が彼女の喉奥を突いてしまうが、それでも口唇ピストンは加速する一方だった。

「ンあッ……ンンッ……ンンッ」

未亡人の鼻にかかった声が深夜の公園に響き渡る。志郎はかつて経験したことのない異様な興奮を覚えて、ついに最後の瞬間が訪れた。

「ゆ、由紀子さんっ、おおおッ、ぬおおおおおおおッ！」

彼女の口内でペニスが激しく脈動する。大量の精液が尿道を駆け抜けて、先端から勢いよく噴き出した。

「あむううッ」

由紀子は肉柱を根元まで咥えこんだまま、熱い迸《ほとばし》りを受けとめる。注がれる側《そば》から喉を鳴らして精液を嚥下していった。

「ンンっ、はむンンっ」

「おおおッ、す、すごいっ、おおおおッ」

射精している最中に吸茎されることで、精液の流れが加速する。凄《すさ》まじい快感の嵐が吹き荒れて、頭のなかがまっ白になった。志郎はベンチで仰《の》け反《ぞ》り、呻きながら全身を痙攣《けいれん》させた。

「ンはぁっ……」

ようやく快楽の発作が収まり、由紀子がペニスを解放する。しかし、まだ勃起したままで、亀頭もパンパンに張りつめていた。

「ああっ、まだこんなに……」

由紀子がため息まじりにつぶやき、唾液とザーメンにまみれた太幹を指でしごきたててくる。絶頂からおりることも許されず、ペニスがさらに硬化してヒクつきはじめた。

「ちょ、ちょっと、ううウッ」

無意識のうちに脚を大きく開き、はしたなく股間を突きあげてしまう。男根をニュルニュルと擦られて、またしても射精欲の波が押し寄せてきた。

「くおおおッ、ま、待ってくださいっ」

「ああ、ヒクヒクしてきたわ」

志郎の反応を面白がるように、由紀子は手筒をスライドさせる。肉柱が小刻みに痙攣をはじめて、ググッと大きくふくれあがった。

「ぬうううッ、ま、また……おおおッ、おおおおおおおおッ！」

獣のような雄叫《おたけ》びが、小雪の舞う夜空に響き渡る。いきり勃ったペニスが震えて、またしても白濁液が勢いよく噴き出した。

「ああンっ、すごい……すごいわ」

由紀子は呆けたような声でつぶやき、硬化した肉柱をしごきつづける。達しているのに刺激を与えられて、射精がとまらなくなってしまう。

「おううッ、おうううううッ」

解き放たれた大量のザーメンが、夜空に白い放物線を描き出す。宙を舞った精液は、やがて地面に積もった雪の上にボタボタと落下した。

（ま、また……二回も連続で……）

頭の芯が痺れきっている。最高の射精だった。すっかり忘れていた快感を久しぶりに味わい、自分がまだ牡であることを思い出した。

由紀子がペニスから手を離して立ちあがった。そして、志郎に背中を向けたまつぶやいた。

「ごめんなさい……わ、わたし……」

肩が震えている。もしかしたら、泣いているのかもしれない。後悔に苛《さいな》まれて自己嫌悪に陥っているのかもしれなかった。

由紀子はそれきり口を開くことなく歩き出した。

急に不安がこみあげる。このままでは二度と会えなくなってしまう。そんな気がして、志郎は慌てて身だしなみを整えて立ちあがった。

「待ってます」

彼女の背中に向かって声をかけた。

「あのお店で……ジョイナスで待ってます」

あたりは静まり返っている。志郎の声は彼女の耳に届いたはずだ。しかし、由紀子は振り返ることなく立ち去ってしまった。

（待ってます……）

もう一度、心のなかでつぶやいた。

飛び散った精液は、雪に包みこまれて跡形もなく消えている。先ほどまでの熱い行為が、まるで夢だったような気がしてきた。

第二章　濡れやすい女

1

翌週の金曜日、志郎はジョイナスのカウンター席に座っていた。

例によって奥から二番目のスツールだ。はじめて来たときに座った場所が、なんとなく落ち着く気がした。

時刻は夜八時をまわったところだ。今のところ客は志郎だけだった。

この店は夜遅くなってから混みはじめる。マスターが言うには、二次会、三次会の客が流れてくるらしい。いつものパターンだと、そろそろ混んでくるころだった。

「最近、由紀子さんは来てないんですか?」

さりげなさを装って尋ねてみる。

深夜の公園で愛撫《あいぶ》してもらったのは、先週の金曜日のことだ。あれから何回か来ているが、由紀子には会えていなかった。

「そういえば見てませんね」

マスターはあっさりつぶやいた。

料理の仕込みをしている最中で、あまり興味がなさそうだ。どうやら、志郎の特別な感情には気づいていないようだった。

(そうか、やっぱり来てないのか……)

予想していたことではあるが、内心がっかりしてしまう。

なにしろ、由紀子はペニスをしゃぶって射精に導いたのだ。酔っていたとはいえ、お互いに記憶をなくすほどではなかった。素面《しらふ》の状態で志郎に会うのは恥ずかしいのだろう。

理解し合える相手だと思っていただけに残念だ。できることなら、もっと彼女と話したかった。

ため息をつきながら、ハイボールをひと口飲んだ。

その直後、ドアが開いて客が入ってきた。もしやと思いながら振り返ると、そこに立っていたのは奈緒だった。

「いらっしゃいませ」

「こんばんは」

ダッフルコートを脱ぎながらマスターに声をかける。そして、志郎に会釈して背後を通り、一番奥の席に腰をおろした。

今夜の奈緒は白い木綿のシャツにタイトなジーパン、それに黒のブーツというラフな格好だ。家が近所らしいので、普段着にコートだけ羽織って来たのかもしれない。それでもスタイルがいいので様になっていた。

シャツの胸もとはボタンが弾《はじ》け飛びそうなほど張りつめて、ジーパンにはむちむちのヒップと太腿《ふともも》のラインが浮かびあがっている。人妻だと思うと、なおさら艶《なま》めかしく感じた。

「またお会いしましたね」

志郎のほうから話しかける。ついつい女体に視線が向いてしまうが、懸命に平静を装った。

以前、奈緒がカウンターに座ったら友だちだと言っていたが、そのとおりになっていた。この店は誰とでも気軽に話せる雰囲気がある。志郎は通いはじめて二週間ほどだが、来るたびに新たな出会いがあった。

「今週は二度も会ってますよ。志郎さんもすっかり常連ですね」

奈緒も普通に応対してくれる。いよいよ志郎も常連と認められたらしい。こうして気さくに話しかけてもらえるのがうれしかった。

「奈緒さんが来たってことは、旦那さんは出張中ですか？」

「ピンポーン、正解です。ジョージさん、コロナビールお願いします」

奈緒が注文したとき、再び店のドアが開いた。

今度こそ由紀子かもしれないと期待するが、店に入ってきたのは真紅のトレンチコートを着た桃香だった。

「また来ちゃいました！」

すでに飲んでいるらしく、桃香はドアの前でマスターに向かって敬礼した。それからカウンターに歩み寄り、楽しげに手を振ってくる。

「みんな来てたんだ」

桃香はコートを脱いで志郎の右隣に腰かけると、お決まりのレモンサワーを注文した。

「さっき、わたしの顔を見てがっかりしたでしょう」

いきなり図星を指されてドキリとする。だが、志郎はとっさに首を左右に振りたくった。

「そ、そんなことないよ」

「またコイツか、とか思ってませんか？」

桃香は至近距離から探るような瞳で覗《のぞ》きこんできた。

今夜はグレーのスーツ姿だ。スツールに腰かけたことでタイトスカートがずりあがり、ストッキングに包まれた太腿がチラリと見えた。

「お、思うわけないよ。桃香ちゃんに会えてうれしいなぁ」

懸命に取り繕うが、桃香はなかなか引きさがらない。至近距離から見つめられて、志郎は耐えきれずに視線をそらした。

実際のところジョイナスに来るたび、高確率で桃香に会っている。だが、彼女に対して悪い感情は持っていない。明るい性格でひとりで盛りあがってくれるので、どちらかといえば無口な志郎も困ることはなかった。

「いいですよ、気を使ってくれなくても。どうせわたしと会っても楽しくないんでしょ」

桃香がめずらしく自虐的なことをつぶやいた。

なにか様子がおかしい。投げやりになっている気がする。もしかしたら、また男に振られたのかもしれなかった。

「なにかあったの？」

奈緒が話しかけると、桃香はこっくりうなずいた。

「もうすぐクリスマスじゃないですか。今年は誰かとすごしたくて」

去年は彼氏がいたがクリスマスの直前に振られて、結局、ジョイナスでやけ酒を飲んでいたという。

「イブの夜だけでもいいんだけどなぁ」

桃香がつぶやいた直後、マスターがカウンター越しに酒を出した。

奈緒の前にはコロナビールの瓶が、桃香の前にはレモンサワーのグラスが置かれた。

「お待たせしました」

「これこれ、最近レモンサワーにはまってるのよね」

桃香が機嫌を直して、うれしそうにグラスを手に取った。そのとき、またしても店のドアが開いて誰かが入ってきた。

ついに由紀子かと思って振り返るが、そこに立っていたのは背広姿の冴《さ》えない男だった。

（来たか？）

「なんだ……ノリちゃんか」

志郎はあからさまに落胆してつぶやいた。

その客は桐谷典夫《きりたにのりお》といって常連客のひとりだった。すでに志郎とは何度か会っているので、それほど気を使う必要はなかった。

「なんだはないでしょ。志郎さん、冷たいなぁ」

典夫はぶつくさ言いながら、桃香の隣に腰かけた。

三十八歳の会社員で、確か食品メーカーの営業をしているはずだ。小太りで黒縁眼鏡《めがね》をかけており、髪はきっちり七三にわけている。典夫のことをひと言で表現するなら「普通のおじさん」という言葉がぴったりだった。

この年まで独身なのは仕事が忙しかったからと本人は言っている。だが、ただ単にモテなかっただけではないかと常連客たちは思っていた。

「ジョージさん、僕は生ね」

典夫は大のビール党だ。ジョッキで飲むのが好きらしく、いつも生ビールばかり飲んでいた。

「ノリちゃんって、ほんとビールばっかりだよね」

桃香が話しかけると、典夫はうれしそうに笑った。そして、すぐに出てきたジョッキを持ち、ご機嫌な様子で高く掲げた。

「仕事のあとは、やっぱりこれっしょ。じゃあ、みなさん、乾杯っ」

なにが乾杯なのかよくわからないが、典夫の声に合わせて志郎と桃香もグラスを持ちあげる。奈緒はコロナビールの瓶を、マスターはいつの間に作ったのか焼酎のウーロン割りが入ったグラスを手にしていた。

こうして居合わせた常連客同士で乾杯するのが楽しかった。

誰もが笑みを浮かべていた。この店で飲んでいると若返った気分になる。四十六になって仕事抜きの飲み友だちができると思わなかった。

「ねえ、ジョージさん、どっかにいい男いないかな」

桃香がぽつりとつぶやいた。

クリスマスは来週に迫っているが、まだ諦めていないらしい。二十六歳の彼女にとっては大切なイベントなのだろう。

「ここに来れば誰かに会えるんじゃない？」

奈緒が声をかけるが、桃香は納得がいかない様子で唇を尖《とが》らせた。

「去年もひとりだったもん。奈緒さんは結婚してるからいいけど」

「結婚しててもダメよ。仕事ばっかりだから……」

どうやら、奈緒には別の不満があるらしい。

志郎は口を挟まないほうがいいと思い、ハイボールをちびちび飲んでいた。典夫も同じ気持ちなのか、黙ってビールを喉に流しこんでいる。やはりこれが賢明な判断だろう。

女性はただ愚痴りたいだけで、とくに解決策を求めていないことも往々にしてある。それなのに男が横からよけいなことを言うと、逆に揉《も》める原因になりかねなかった。

だが、酒場のマスターとなると話は別だ。女性客に話しかけられて、黙っているわけにはいかなかった。

「ジョージさん、カッコいい男の人、紹介してくださいよぉ」

「出会いは必ずあります。焦らないことですよ」

マスターの声は落ち着いていた。

諭すような口調はいかにも人生経験が豊富そうだ。見た目からは想像がつかないが、かなり年上なのかもしれない。話しかければ気さくに応じてくれるマスターだが、年齢だけは教えてくれなかった。

「モモちゃんは若いんだから、きっといい人が見つかりますよ」

再びマスターが声をかけると、桃香は淋《さび》しげな笑みを浮かべた。

「確かに出会いはあるけど、一瞬で終わっちゃうことが多いから……」

「一瞬って？」

それまで黙っていた志郎だが、思わず突っこんでしまった。

惚《ほ》れっぽい性格で失恋の回数も多いと聞いている。だが、一瞬とはどういう意味だろう。桃香の向こう側では、典夫も興味深げな視線を向けていた。

「ワンナイトラブですよ」

桃香の口調は軽かった。

志郎はそれ以上突っこめなくなって黙りこんだ。カウンターの向こうでは、マスターが無表情で桃香の顔を見つめていた。

「それって……一夜限りの関係ってこと？」

奈緒が言葉を選びながら質問する。瞳が輝いており、湧きあがる興味を抑えきれないようだった。

「わたしは一夜限りのつもりじゃないんですけどね。結果的には、そうなっちゃいます」

桃香はあっけらかんと答えた。まったく悪びれた様子がなく、みんなに知られることも気にしていなかった。

「えっ、相手は？」

コロナビールの瓶を握りしめて、奈緒が前のめりになる。同性としても気になるようだった。

「飲み屋さんで知り合った人とか、いろいろですよ」

「初対面の人と？」

「はい、好きになっちゃえば」

独身者ばかりでなく、過去には妻子持ちの男性もいたという。恋多き女性なのは知っていたが、思った以上に奔放だった。

「でも、全部本気だから」

桃香の表情は真剣そのものだ。本人は遊びのつもりではなく、心から好きになって行為におよんでいるのだろう。

「そうなんだ。桃香ちゃんって積極的なんだね」

奈緒は感心した様子でうなずいている。だが、志郎は悪い男に利用されないか心配だった。

「でもさ、一回寝て連絡が取れなくなるって、わたしの身体《からだ》が目当てだったたってことだよね」

経験を積むことで彼女もいろいろ学んでいるのだろう。それでも、どこか危うさがつきまとっていた。

「一応、妻子持ちはやめておいたほうがいいんじゃないかな」

うるさいと思われるかもしれないが、口を挟まずにはいられない。すると、それまで黙っていた典夫も口を開いた。

「モモちゃんには幸せになってもらいたいからね。ちゃんとした人を見つけてほしいな」

「うん、ありがと。今は独身の人だけにしてる」

若いころは好きになったら既婚者でも関係なかったが、今は独身の男だけにターゲットを絞っているという。

「それは当たり前のことです」

突然、マスターが抑揚のない声でつぶやいた。

「不倫の代償は大きいですよ。相手の奥さんに慰謝料を請求されたら払えるんですか？」

胸にグサッと突き刺さるような言葉だった。実際、桃香は苦しげに顔をしかめていた。

「そんなことわかってる」

「わかってないから言ってるんです。男は選んだほうがいい」

マスターの言葉は的確だった。

おそらく、その場に居合わせた全員が思っていたことだ。誰もが口にできなかった言葉を、マスターがずばり指摘してくれた。

「もう、うるさいなぁ」

桃香はあからさまに不機嫌になり、そっぽを向いてしまった。

「ジョージさんも桃香ちゃんのためを思ってのことだから……」

志郎が話しかけても、桃香はもう返事をしてくれない。完全に臍《へそ》を曲げて、レモンサワーをぐびぐび飲んでいた。

「みんな、モモちゃんの味方だからね」

典夫も気を使っているが、桃香の機嫌は直らなかった。

「お会計」

レモンサワーを飲み干すと会計をすませて立ちあがる。そして、誰とも目を合わせずに帰ってしまった。

「あら、ジョージさん、いいんですか？」

奈緒がつぶやくと、マスターは小さく息を吐き出した。

「モモちゃんのためですから」

そのひと言がすべてだった。

このままでは、いずれ桃香は痛い目に遭うだろう。いくら彼女が本気だと言っても、男たちがそうとは限らなかった。

「でも、桃香ちゃんがうらやましいな」

奈緒がぽつりとつぶやいた。

「なにがですか？」

「不倫はどうかと思いますけど、わたしもいろんな男の人と……とかね」

意味深な発言だった。奈緒は出張が多い夫に前々から不満を抱いていた。しかし、人妻の口からそんな言葉が出るとは意外だった。

「わたしは夫しか知らないから、若いうちにもっと遊んでおけばよかったなとか思ったりして」

本気とも冗談ともつかない言い方だ。「夫しか知らない」とは、意外と一途《いちず》なのかもしれない。だからこそ、正反対の桃香のようなタイプをうらやましく思うのだろう。

（欲求不満なのかなも……）

そうだとすると、なおさら奔放な桃香を意識するのもわかる気がする。奈緒に女を感じて急にドキドキしてきた。

「は、腹が減ってきたな。あっ、そうだ、ジョージさん、味噌《みそ》ラーメンなんてないですよね」

動揺をごまかそうとしてマスターに話を振ってみる。もちろん、メニューにないのは知っているが受け狙いのつもりだった。

「ありますよ」

ところが、マスターは真顔でそう答えた。

「えっ、あるんですか？」

「油そばがオススメですね」

冗談を言っているわけではないらしい。聞けばフレンチや中華、パティシエの経験もあるというから驚きだった。

「ここって何屋なんですか……じゃあ、おでんと日本酒」

今度こそ無茶ぶりをしたつもりだったが、マスターは動揺する素振りもなく即答した。

「ありますよ」

もうなにも言い返せなくなってしまう。

奈緒と典夫はこういう店だと知っていたらしく、驚く志郎のことを楽しげに見つめていた。

これだからジョイナスは面白い。マスターの奥深さに、ますますはまりそうな予感がした。

2

極上の油そばを食べてハイボールを何杯か飲むと、志郎はジョイナスをあとにした。

いつの間にか外はひどい吹雪《ふぶき》になっていた。しかも風が強いので、地吹雪となって雪が舞い踊っている。志郎はコートの襟を立てると、慌てて狸小路商店街に逃げこんだ。

こういうとき、アーケードがあるとほっとする。風は吹き抜けていくが、吹雪で前が見えないほどではなかった。それでも、瞬く間に体温を奪われて酔いが一気に醒《さ》めていく。

時刻は十一時半をすぎたところだ。

この寒さだというのに、商店街には平気な顔でぶらぶら歩いている人たちがいた。スーツ姿のおじさんや大学生と思《おぼ》しき若者たち。札幌で暮らす人々にとって、これくらいの雪は日常的なことなのだろう。

（ううっ、寒っ……俺には無理だな）

とてもではないが慣れそうにない。志郎は心のなかでつぶやき、背中を丸めて商店街を早足で歩いた。

「よおし、次はどこに行く？」

やたらと大きな声だった。

ふと前を見ると、あるバーの前にカップルがいた。ちょうど店から出てきたところらしい。男はご機嫌な様子で女の肩を抱いていた。

「今日は朝までコースだな」

柄の悪いチンピラ風の男だった。ひとりで盛りあがって大声をあげている。男は黒のライダースジャケットにジーパン、つま先の尖ったブーツを履いていた。茶色に染めた髪を伸ばしており、ナイフのように鋭い目つきだった。

（やばいな……）

本能的に身の危険を感じて視線をそらした。

志郎がもっとも苦手としている人種だ。すすきのには多いが、狸小路ではあまり見かけないタイプだった。

若いころから争いごとを極力さけて生きてきた。殴り合いの喧嘩《けんか》など一度もしたことがない志郎である。自然と男から距離を取って、商店街の端をこそこそと歩いていた。

「まだ飲み足りねえな。カラオケなんてどう？」

「どうしようかなぁ」

女のつぶやきが聞こえてはっとする。

（この声は……）

どこかで聞き覚えのある声だった。

まさかと思いながらも視線を向ける。男に肩を抱かれているのは、真紅のコートを着た女だった。

(も……桃香ちゃん?)

志郎は無意識のうちに足をとめて、まじまじと見つめていた。

まさかと思うが間違いない。男に肩を撫《な》でまわされているのは、先ほどまでジョイナスにいた桃香だった。

(大丈夫かな……)

彼女の頬はほんのり染まっている。マスターにたしなめられて帰ったが、その後この男と飲んでいたのだろう。

「このままホテル行っちゃう?」

軽薄な声が聞こえてくる。どう見ても身体目当てとしか思えなかった。

クリスマスをいっしょにすごす相手がほしいと言っていたが、少なくともこの男は違う気がした。おそらくナンパでもされて飲んでいたのだろう。誘いを断ってほしいが、桃香は気怠《けだる》げに腰をくねらせていた。

「どうしようかなぁ……」

いやがっている素振りはない。どちらかといえば、男に誘われて喜んでいるような節があった。

（ダメだよ、そいつはやめたほうがいい）

心のなかでつぶやいたとき、突然、男がこちらを振り向いた。

「ああ？」

どうやら視線を感じたらしい。声のトーンが低くなり、いきなり喧嘩腰でにらみつけてきた。

「おっさん、なに見てんだよ」

桃香を置き去りにして歩み寄ってくる。女の前で粋がっており、殴りかかってきそうな勢いだ。

「な、なんでもないです」

志郎は弱気になって後ずさりするが、男はもう目の前まで迫っていた。

「あ……」

桃香が口もとを手で覆った。

からまれているのが志郎だと、ようやく気づいたらしい。どうすればいいのかわからない様子で立ちつくしていた。

(や、やばい……やばいぞ)

おろおろと視線を泳がせる。そのとき、商店街の遥《はる》か向こうに気になる女性の姿を発見した。

(ん? あれは……)

離れているので顔はよくわからない。しかし、黒のダウンコートと黒いロングブーツに見覚えがあった。

(もしかして、由紀子さんじゃないか?)

和食店から出てきたところで、見知らぬ中年男といっしょにいた。

肥満体で頭頂部が禿《は》げあがり、なにやら下劣な笑みを浮かべている。作業着のようなカーキ色のブルゾンを羽織っていて、どう見ても由紀子とは釣り合いが取れていなかった。それなのに、馴《な》れ馴《な》れしく彼女の腰に手をまわしてぐっと抱き寄せた。

(なっ……誰なんだ)

思わず心のなかでつぶやいたときだった。

「おっさん、なんか文句あんのかよ」

いきなり胸ぐらをつかまれた。

チンピラが苛立《いらだ》った様子で顔を近づけてくる。由紀子の姿に気を取られて、この男のことをすっかり忘れていた。

「か……彼女をどうするつもりだ」

口から飛び出したのは、自分でも思いがけない言葉だった。

由紀子の姿を見かけたせいだろう。本当はこのチンピラではなく、由紀子といっしょにいる中年男に浴びせたい台詞《せりふ》だった。

「そんなこと、おっさんに関係ないだろう」

チンピラはつかんだ胸ぐらを思いきり揺さぶってきた。

「か、関係ある……」

黙っていればいいのに口が勝手に動いてしまう。由紀子はこちらの騒動には気づかず、中年男に腰を抱かれたまま遠ざかっていった。

「彼女は俺の知り合いだ」

ハイボールを飲みすぎたのだろうか。争いごとをさけて生きてきたのに、今夜はなぜか引きさがるという考えが浮かばなかった。

「だったらどうするんだ。おい、どうするってんだよ」

チンピラの声がひどく耳障りだ。志郎は男の手を振り払い、反対に胸ぐらをつかみ返した。

「彼女に手を出すな」

「は？　ふざけるなっ」

怒声が聞こえた直後、激しい衝撃を受けて倒れこんだ。

左の頬が熱を持っている。どうやら殴られたらしい。殴られたことにも気づかないのだから、万にひとつも勝ち目はなかった。このまま倒れていれば、それで終わったかもしれない。だが、志郎は立ちあがった。

「なんだ、やるのか。おらっ！」

再び顔面を殴打された。

「うぐっ……」

目眩《めまい》がしたが、今度は倒れずに踏みとどまった。そして、がむしゃらにつかみかかった。

「うおおおッ！」

これまでの志郎なら、すぐに謝っていただろう、それなのに、今夜は自分でも理解できない感情に突き動かされていた。いつの間にか野次馬が集まり、揉み合うふたりを取り囲んだ。

「やめて！」

　そのとき大きな声が聞こえた。桃香がハンドバッグを振りあげて、チンピラに叩《たた》きつけていた。

「痛っ、なにすんだよ」

「志郎さんから離れて！」

「こんなおっさんの味方するのかよ」

　男は怒りを露《あら》わにするが、桃香には手をあげなかった。

　女性を殴るほどクズではなかったらしい。白けた様子で志郎を突き放すと、舌打ちをして立ち去った。

「イテテっ……」

　志郎はその場に尻餅をつき、散々殴られた頬を手で押さえた。

　格好悪いところを見られてしまった。女性に助けられるとは情けないが、正直ほっとしていた。

「志郎さん、大丈夫？」

　桃香がかたわらにしゃがみこみ、顔を覗きこんでくる。予想外の展開に、彼女もとまどっているようだった。

「これくらい、どうってことないよ」

志郎は立ちあがると、無理をして笑みを浮かべた。

集まっていた野次馬たちが、ばらばらと散っていく。もっと派手な喧嘩を期待していたのか、安堵《あんど》と落胆が入り混じった微妙な空気だった。

「それより、桃香ちゃんが無事でよかった」

知り合いの女性がチンピラにお持ち帰りされるところは見たくなかった。結果として彼女を救えたのなら、殴られたのも無駄ではなかったと思う。

「別に助けてほしかったわけじゃないから……」

桃香は拗《す》ねたようにつぶやいた。

「たまたま通りかかったからさ。あんなやつ、桃香ちゃんに相応《ふさわ》しくないよ」

志郎が語りかけると、桃香は下唇を噛《か》んで黙りこんだ。

本当は桃香に由紀子の姿を重ねていた。嫉妬から関係のない若い男に突っかかり、むきになったことが恥ずかしかった。でも、そんなことまで言う必要はないだろう。

「わたしのことなんて、放っておいてよかったのに……」

「そうはいかないよ。友だちだからね」

志郎がそう言うと、桃香は驚いたように見つめてきた。

「友だち？」

「あれ……違った？」

「ううん……」

首を振る彼女の瞳が見るみる潤んでいく。そして、涙をごかますように、殴られた志郎の頬に触れてきた。

「腫れてるね。冷やしたほうがいいかな」

「寒いから自然に冷えるよ」

なにしろ気温は零下だ。わざわざ冷やす必要はないだろう。

「ちゃんと手当てしないとダメだよ。うちに来て」

「えっ、それは……」

「タクシーに乗ればすぐだから」

どうやら責任を感じているらしい。桃香は志郎の手をしっかり握ると、有無を言わせず歩きはじめた。

3

タクシーに乗って十分ほどで、桃香の住んでいるアパートに到着した。

「ここだよ。近いでしょ」

雪が降るなか、桃香は外階段を二階にあがっていった。

ここまでついてきた以上、今さら帰るわけにはいかない。志郎は彼女のあとにつづいて階段をあがった。

二階建て全八戸のごく一般的なアパートだ。もっと立派なところに住んでいるのかと思ったが、意外と質素な生活を送っているようだった。

「どうぞ。ストーブつけるね」

玄関ドアを開けると桃香が先に入っていく。志郎は緊張しながら玄関に足を踏み入れた。

「お邪魔します」

女性の部屋らしい甘い香りが漂っており、一気に胸の鼓動が速くなった。

タクシーのなかで、ひとり暮らしだから遠慮はいらないと言われたが、どうしても構えてしまう。ジョイナスを出たときはアパートに帰って寝るつもりだったのに、まさか女性の部屋を訪れることになるとは思いもしなかった。

「寒いでしょ、こっちに来て」

桃香に呼ばれて奥に進んでいく。

まず六畳のダイニングキッチンがあり、さらに六畳の洋室という1DKだ。トイレとバスルームは分かれている。若い女性のひとり暮らしには広すぎる気もするが、札幌では普通の間取りだった。

洋室には清潔感が溢《あふ》れていた。絨毯《じゅうたん》とカーテンはグリーンで、卓袱台《ちゃぶだい》とテレビ台はまっ白だ。奥の壁際には白いパイプベッドがあり、枕カバーとシーツは淡いピンクだった。

（ほ、本当にいいのか？）

緊張のあまり顔の筋肉がひきつってしまう。静かな部屋にファンヒーターの稼働音だけが響いていた。

「すぐ暖かくなるから上着は脱いでね」

「あ、ああ……」

言われるままジャケットを脱ぐ。すると、桃香がまるで新妻のようにハンガーにかけてくれた。

「あ、あのさ、すぐに帰るから……」

「いいから座って」

勢いに押されて、うながされるままベッドに腰かける。ギシッと音がしただけで、さらに緊張感が高まった。

桃香はいったんキッチンに向かうと、濡《ぬ》れタオルを手にして戻ってきた。

「ちょっと冷たいかも」

そう言いながら頬にそっと押し当ててくれる。ひんやりとした感触が、火照った頬に心地《ここち》よかった。

桃香もジャケットを脱いで、上半身は白いブラウスだけになっている。乳房のふくらみが気になり、ついつい視線が向いてしまう。若い女性とふたりきりの状況で、意識するなというほうが無理な話だった。

「わたしのせいで、ごめんなさい」

桃香が小声で謝罪する。思わず視線を向けると、めずらしく神妙な顔になっていた。

「謝ることなんてないよ。俺が勝手にやったことだから」

志郎はあえて笑みを浮かべて軽い口調を心がけた。

結果として助けたような形になったが、実際はあの男が勝手にからんできただけだ。志郎は偶然見かけた由紀子のことを気にしていて、正義感から取っ組み合いをしたわけではなかった。

「志郎さんって、やさしいんだね」

桃香は瞳に涙を滲《にじ》ませながら笑みを浮かべた。

「ジョージさんに言われて苛々してたの。だって、全部当たってるんだもん」

図星を指されたからこそ腹が立ったのだろう。

マスターの言い方は少々ストレートすぎたかもしれない。でも、彼女のことを思ったからこその指摘だった。

「ジョイナスを飛び出して歩いてたら、あの人に声をかけられたの。飲みに行って、なんとなくいいかなって思って……」

志郎が通りかからなかったら、誘われるまま抱かれていたのだろう。桃香は小さく肩をすくめて自嘲ぎみな笑みを浮かべた。

「また失敗するところだった。冬になると、なんか淋しくて……」

北国の人たちは氷点下のなかで暮らしているのだ。人肌が恋しくなるのもわかる気がした。

「いい人が見つかるといいね」

志郎が声をかけると、桃香はこっくりうなずいた。

「でも、わたし、男の人を見る目がないみたい」

一応、自覚はあるようだ。それでも、その場の雰囲気に流されてしまったり、断れなかったりするのだろう。

「さっきの人はダメだったけど、志郎さんはいい人だよね」

桃香が潤んだ瞳で見あげてくる。視線が重なった瞬間、全身に電流が走り抜けた。頬に押し当てていた濡れタオルがぽとりと落ちる。彼女の柔らかい手のひらが頬に直接触れてきた。

「も……桃香ちゃん？」

「わたし、濡れやすいんだ」

「……は？」

「男の人と話してると、すぐに濡れちゃうの」

いったいなにを言っているのだろう。桃香は微《かす》かに腰をよじらせると、上目遣いに見つめてきた。

「今もだよ……確かめてみる？」

「な……なにを……」

「誰でもじゃないの。そうなる人とならない人がいるの」

どうやら子宮で男を判断するらしい。どういう男に反応するのか基準はわからないが、とにかく頭ではなく身体が牡《おす》を欲するのだろう。

「わたし……今夜はとっても淋しいの」

囁《ささや》くような声だった。

二十六歳の桃香が、四十六歳の志郎を誘っていた。

からかわれているのかと思ったが、彼女は顔をすっと近づけてくると唇を重ねてきた。

「も、桃香ちゃん……うむっ」

舌がヌルリと入りこみ、歯茎をねっとり舐《な》めまわしてくる。とまどっている間に舌を搦《から》め捕られて、唾液ごと吸いあげられた。

「はンンっ」

彼女の鼻にかかった声が、志郎を瞬く間に燃えあがらせる。突き放すことができず、気づいたときには細い腰に手をまわしていた。

「ああっ、志郎さん」

桃香は唇を離すと、息がかかる距離で見つめてくる。両手で志郎の顔を挟みこみ、愛《いと》おしげに撫《な》でまわしていた。

「ダ、ダメだよ……桃香ちゃん」

口ではそう言っているが、志郎の両手は桃香の腰を抱き寄せている。頭ではいけないと思っても、本能で女体を求めていた。

ボクサーブリーフのなかでペニスがむくむくとふくらんでいく。まずいと思うが、もう興奮を抑えることはできない。欲望に火がついたかと思うと、あっという間に激しい炎となって燃えあがった。

「ううっ……お、俺……」

すでにスラックスの前が大きく張りつめている。肉棒は完全に芯を通して、布地を突き破らんばかりの勢いで屹立《きつりつ》していた。

「桃香ちゃんっ」

たまらず柔らかい唇にむしゃぶりつく。今度は志郎のほうから舌を差し入れて、甘い口内をしゃぶりまわした。

「あふンっ、志郎さん」

桃香は唇を半開きにして受け入れてくれる。それがうれしくてトロトロの口腔《こうこう》粘膜を舐めつくし、とろみのある唾液を啜《すす》り飲んだ。

反対に唾液を流しこめば、桃香は躊躇《ちゅうちょ》することなく嚥下《えんげ》する。そればかりか頬を挟みこんでいた手を徐々に移動させて、ワイシャツの上から大胸筋を撫でまわしてきた。

「ンンっ……はむンっ」

桃香は志郎の舌を吸いながら、指先で乳首を探り当てる。ワイシャツ越しにいじりまわし、くすぐったさをともなう刺激を送りこんできた。

「くううっ」

たまらず呻《うめ》き声が漏れてしまう。年齢は二十も離れているが、経験では彼女のほうが遥かに上だ。男としてリードしたいところだが、とてもではないが太刀打《たちう》ちできそうになかった。

「乳首、硬くなってきたよ」

唇を離すと、桃香が楽しげに見あげてくる。その間もワイシャツの上から双《ふた》つの乳首を摘《つ》まみあげて、クニクニと転がしていた。

「ちょ、ちょっと……ううっ」

志郎が困惑する様子を楽しげに見つめながら、片方の手を下半身に伸ばしてくる。そして、スラックスの上から勃起したペニスに重ねてきた。

「ううぅッ」

またしても声が漏れて、体がビクンッと反応する。太幹に指が巻きついた瞬間、ペニスの先端から我慢汁が溢れるのがわかった。

「もうカチカチだね」

桃香が囁きかけてくる。彼女の瞳もねっとり潤んで、欲情しているのは明らかだった。

「ど、どうして……俺なんかと……」

素朴な疑問が湧きあがる。

愛らしい容姿の桃香なら、ワンナイトラブの相手などいくらでも見つかるだろう。すすきのを歩けば、すぐに男たちが群がってくるはずだ。わざわざ自分のようなくたびれた中年男を選ぶ理由がわからなかった。

「言ったでしょ。わたしはいつだって本気なの」

スラックスの上からペニスをつかんで目を細める。まるで感触を楽しむように、ゆったりしごきはじめた。

「クッ、ちょっ……うううッ」

「遊びで寝たことなんて一度もないよ。いつも本気。でも、明日の朝になったら気が変わってるかもしれないけどね」

桃香はそう言って悪戯《いたずら》っぽく笑った。

端からは奔放に見えるが、桃香は真剣に恋をしているのだろう。そんな彼女のことが愛おしく感じた。

「ねえ、横になって」

桃香が寄りかかるようにして肩を押してくる。志郎はそのまま押し倒されて、ベッドで仰向《あおむ》けになった。

「わたしの好きにさせてほしいな……」

志郎の返事を待たずにネクタイをほどいていく。さらにはワイシャツのボタンを上から順にはずして、前を開いてしまった。

ランニングシャツをめくりあげると、胸板に手のひらを這《は》わせてくる。ゆるゆると撫でまわし、乳首を指先でいじってきた。

「うっ……」

「ふふっ、敏感なんだね」

楽しげに笑うと前屈《まえかが》みになり、乳首にチュッと口づけする。そのまま口に含んで舌先でねぶりまわしてきた。

「も、桃香ちゃん……」

「乳首、感じるの？」

上目遣いに見つめながら、唾液をたっぷり塗りつけてくる。やさしく吸いあげては硬くなったところを前歯で甘噛みしてきた。

乳首がますます充血して、ジンジン痺《しび》れはじめる。そこに舌を這わされるのがたまらない。まるで癒すように唾液を塗りこんできては、不意を突くように前歯を立てられた。

「あうッ……」

「そんなに喘《あえ》いじゃって、女の子みたいよ」

桃香は楽しげに囁き、左右の乳首を交互にしゃぶりまわしてくる。片方を吸っているときは、もう片方の乳首を指先で転がしていた。

「お、俺みたいなおじさんを、どうして……」

髪には白いものがまざりはじめているし、腹まわりも少々弛《たる》んでいる。先ほどのチンピラは不摂生そうだが、よほどいい体をしているだろう。

「やさしいおじさんは嫌いじゃないよ」

桃香は目をじっと見つめながら、やさしく乳首を舐めてくれる。可愛《かわい》らしい顔をしているのに、男が悦《よろこ》ぶツボをわかっていた。

「こっちも硬くなってるね」

彼女は志郎の右脚をまたいで覆いかぶさっている。膝と太腿が股間に密着しており、勃起したペニスを圧迫していた。意識的に押し当てられて、焦《じ》れるような快感がひろがった。

「ううッ、そ、そこは……」

「やっぱりここが気持ちいいよね」

柔らかい太腿で押されるたび、我慢汁が溢れて腰がくねってしまう。そんな志郎の反応が楽しいらしく、桃香は乳首をしゃぶりながらスラックスの股間をグニグニとこねるように刺激してきた。

「も、桃香ちゃん……うむっ」

「もっとしてほしい？」

唇からピンクの舌先をチロリと覗かせて、まるで見せつけるように乳首を舐めている。そうやって挑発しながら、牡の欲望を煽《あお》り立てていた。

「ねえ、もっとしてほしいでしょ」

「そ、それは……」

欲望はふくれあがっているが、それを口にするのは躊躇してしまう。

なにしろ、相手は二十歳年下の「友だち」だ。これ以上のことをしたら、ジョイナスで顔を合わせたとき気まずいのではないか。そう考えると、願望を言葉にすることはできなかった。

「わたしはもっとしたいな」

桃香はそう言ってにっこり微笑《ほほえ》んだ。

経験が豊富なだけに割り切れるのかもしれない。いや、彼女は今この瞬間、本気で恋をしているのだ。今後のことなどいっさい考えていないから、これほど大胆に振る舞えるのだろう。

「熱くなってきちゃった」

桃香は上半身を起こして膝立ちの姿勢になると、ブラウスのボタンをはずしていく。やがて前がはらりと開いて、精緻なレースがあしらわれた白いブラジャーが見えてきた。

（おおっ、これは……）

たっぷりとした乳房がカップで寄せられて、魅惑的な谷間を形作っている。しかも、まるでプリンのように波打っているのだ。志郎は無意識のうちに首を持ちあげて凝視していた。

桃香はブラウスを脱ぐと、いったんベッドからおりてスカートをおろしはじめる。片足ずつゆっくり抜き取り、ナチュラルベージュのストッキングに透けたパンティが露わになった。

さらにストッキングもおろすと、桃香は頰をほんのり染めあげた。

純白のブラジャーとパンティだけではにかんでいると、経験の少ない奥手な女性にしか見えない。腰は折れそうなほどくびれており、尻と太腿はむっちりしている。なにより若さ弾ける白い肌が眩《まぶ》しかった。

(桃香ちゃんが……あの桃香ちゃんが)

すでにペニスは棍棒《こんぼう》のように硬くなっている。もう触れなくてもボクサーブリーフのなかで我慢汁を振りまいていた。

「もっと見たい？」

小首をかしげるようにして尋ねてくる。志郎は頭で考えるより先にうなずいていた。

「ふふっ……じゃあ、ちょっとだけ」

桃香は両手をゆっくり背中にまわしていく。そして、上半身を軽く左右に揺すり、もったいぶりながらホックをはずした。

カップが弾け飛び、双つの乳房がプルルンッとまろび出る。張りのある柔肉の頂点に鎮座する乳首はツンと上向きだ。奇跡のようなミルキーピンクで、まだ触れてもいないのに尖り勃《た》っていた。

(お、おお……)

志郎は思わず腹のなかで唸《うな》った。

見ているだけでも先走り液がとまらなくなる。志郎は瞬《まばた》きするのも忘れて、目の前の美乳に視線を這いまわらせた。

「そんなに見られたら、おっぱいに穴があいちゃうよ」

桃香はそう言いながら、パンティのウエスト部分に指をかける。そして、尻を後ろに突き出すようにして、ゆっくりおろしていった。

「おおっ！」

今度は声に出して唸っていた。

恥丘にそよぐ黒々とした陰毛が見えたのだ。楕円形《だえんけい》に手入れされて、長さも短く刈りそろえられていた。

「す……すごい」

他にどう表現すればいいのかわからない。若い桃香の女体に圧倒されて、ますます欲情を滾《たぎ》らせていた。

「わたしだけなんて恥ずかしいよ」

桃香がくびれた腰をくねらせながらベッドにあがってくる。そして、ほっそりした指でベルトを緩めて、スラックスとボクサーブリーフをずりおろした。その直後、屹立したペニスが勢いよく跳ねあがった。

「きゃっ！」

桃香が驚いた様子で目を見開いた。

「やだ……おっきい」

反り返った肉柱をまじまじと見つめて放ったひと言が、志郎の自尊心をくすぐった。ペニスはさらに太さを増して、隆々とそそり勃った。

スラックスとボクサーブリーフが抜き取られて、ワイシャツとランニングシャツは志郎が自分で脱いだ。ふたりとも裸になったことで、いよいよ気分が盛りあがった。

「あ、あのさ……シャワー浴びなくてもいいの？」

志郎は構わないが、女性は気にするのではないか。念のため尋ねてみると、彼女は小さく首を振った。

「こんなの見ちゃったら、もう我慢できないよ」

桃香が脚の間で正座をして、両手で太腿を撫でまわしてくる。内腿の付け根の際どい部分を刺激されると、たまらず屹立した男根がヒクついた。

「こんなに大きいなんてびっくり」

「ううっ……く、くすぐったいよ」

実際はくすぐったいだけではない。微妙な刺激を送りこまれることで、欲望も同時にふくれあがっている。ペニスはますます硬くなり、先端の鈴割れ部分から透明な汁が滾々《こんこん》と湧き出していた。

「ねえ、志郎さん、どうされるのが好きなの？」

彼女の手が男根の周辺を撫でまわしてくる。陰毛を指先で弄んだり、肉柱の根元に迫ったりするが、決してペニスに触れることはない。そうやって焦らしながら、志郎の顔色をうかがっていた。

「ど、どうって言われても……」

じつは二年前に離婚してから、一度もセックスをしていなかった。すっかり性欲が衰えて、ほとんど欲情することがなくなっていた。

とはいえ、まだ四十六歳。老けこむ年ではなかった。

先日、由紀子にしゃぶられて、久しぶりに牡の感情を思い出した。あれがきっかけとなり、気持ちが若返った気がする。実際、今も昂《たかぶ》っており、ペニスは屹立して我慢汁を垂れ流していた。

「こういうこと、しばらくしてなかったから……」

見栄《みえ》を張ったところで仕方がない。自分から積極的にいきたいところだが、いざとなると不安になる。セックスから遠ざかっていた期間が長すぎて、上手《うま》くできる自信がなかった。

「そうなんだ。こんなに立派なのに、もったいないね」

桃香の指が肉柱の根元に触れてくる。両手で包みこむようにして、太幹をゆったり擦りあげてきた。

「うむっ」

「はぁ……硬い」

彼女のため息まじりのつぶやきが、志郎の胸を熱くする。

男とはつくづく単純な生き物だ。ペニスを少し褒められただけで、すっかり気分がよくなっている。俺もまだまだいけるという気持ちになり、さらに男根を滾らせていた。

「あンっ、また太くなったみたい。志郎さんってすごいんだね」

やはり桃香は男の転がし方をよくわかっている。さりげない言葉で牡を奮い立たせて、ペニスを硬くする方法を心得ていた。

桃香は正座をした状態で前屈みになると、亀頭の先端に唇を寄せてくる。熱い吐息が吹きかかり、それだけで快感がひろがった。腰がぶるっと震えて、またしても透明な汁が溢れ出した。

「じゃあ、わたしの好きにしていいよね」

彼女がしゃべるたび、吐息が亀頭を撫でていく。期待がふくれあがり、無意識のうちに尻をシーツから浮かせていた。

「も……桃香ちゃん」

「ふふっ、すごい格好だね」

桃香が亀頭にフーッと息を吹きかけてくる。唇が触れそうで触れないところがもどかしい。しゃぶってほしくて、志郎はますます股間を突きあげていた。

「ああ、いやらしい匂いがする」

ペニスの匂いを嗅ぎ、桃香はうっとりした表情になっている。シャワーを浴びていないので、蒸れた匂いがしているはずだ。それでも彼女は大きく息を吸いこみ、呆《ほう》けたようにつぶやいた。

「すごくいい匂いだよ。志郎さんのここ」

目を見て囁きながら、ついに亀頭の先端に口づけしてくる。柔らかい唇が触れた瞬間、まるで感電したように全身の筋肉が痙攣《けいれん》した。

「くううッ……よ、汚れてるから」

「じゃあ、わたしが綺麗《きれい》にしてあげる」

悦楽の呻き声をあげると、桃香は亀頭をぱっくり咥《くわ》えこんだ。一日の汚れが溜《た》まっているのにうれしそうだ。しかも視線を重ねたまま、柔らかい唇でカリ首を締めつけてきた。

「はむううっ」

「おおッ、き、気持ち――くううッ」

桃香は休むことなく唇を滑らせて、バットのように硬くなった肉棒をヌルヌル呑《の》みこんでいく。大量に溢れていた我慢汁と彼女の唾液が混ざり合い、潤滑油の役割をはたしていた。

「ううッ、す、すごいっ」

望んでいた快感を与えられると、志郎は浮かせていた尻を落として唸るだけになる。今度は射精欲が暴走しないように、両手でシーツを握りしめた。

「あふっ、太い……あふンっ」

いつもレモンサワーを飲んで陽気に振る舞っている桃香が、生まれたままの姿でペニスをしゃぶっている。決して視線をそらすことなく、長大な肉柱を根元まですべて呑みこんだ。

「あふううっ」

喉の奥で呻きながら舌も使い、男根のあらゆる箇所を舐めまわしてくる。そうやって様々な刺激を送りこみ、志郎が感じる場所を探っていく。そして、反応がとくに大きいところを念入りに愛撫してきた。

「ンっ……ンっ……」

桃香は亀頭だけを口内に残して、浅いところで首を小刻みに振りはじめた。すぼめた唇が、鋭く張り出したカリを集中的に擦りあげてくる。敏感なところを刺激されて、志郎はこらえきれずに腰をくねらせた。

「くおッ、そ、そこは……ぬおおッ」

新たな我慢汁が次から次へと溢れ出し、全身が小刻みに震えてしまう。とてもではないが黙っていられなかった。

「やっぱりここが感じるんだね……はンンっ」

カリを連続で摩擦されて、同時に尿道口を舌先でほじられる。頭のなかがまっ赤に燃えあがり、射精欲が急激に盛りあがった。

「そ、それ以上は……うううッ」

もう駄目だと思ったそのとき、桃香がすっと顔をあげた、解放されたペニスは唾液にまみれてヌラヌラと光っている。尿道口では透明な先走り液が小さなドームを作っていた。

「おううっ……」

頭のなかにあるのは射精への欲求だけだ。もう少しつづけられたら間違いなく射精していた。直前で放り出されて、欲望は轟音《ごうおん》を立てながらさらに大きくふくれあがった。

4

「すごくピクピクしてるよ」

桃香が指先で亀頭をツンと押してつぶやいた。

「こんなに張りつめて苦しそう。ねえ、挿《い》れたくなった？」

もしかしたら、彼女も挿れたいのではないか。見つめてくる瞳は膜がかかったようになっており、妖しげな光を放っていた。

「い……挿れたい」

考えただけでも鼻息が荒くなってしまう。志郎は先走り液を垂れ流しながら欲望を口走った。

「わたしも……」

桃香は頬を染めながらつぶやくと、志郎の股間にまたがってくる。片脚をあげた瞬間、サーモンピンクの陰唇がチラリと見えた。フェラチオしたことで興奮したらしい。二枚の花びらはたっぷりの華蜜で濡れ光っていた。

「上になるのが好きなの。いいよね？」

両膝をシーツにつけると、桃香は片手を伸ばして太幹をにぎりしめた。もちろん、異論などあるはずがない。彼女とひとつになれるのなら、どんな体位でも構わなかった。

「は、早く……桃香ちゃん」

もう我慢できない。膨張をつづける欲望に理性が蝕《むしば》まれて、もう大声で叫びたいほど追いこまれていた。

「じゃあ、挿れるよ……ンンっ」

亀頭の先端が陰唇に触れてクチュッと鳴った。桃香が腰を落とすことで、肉刀の切っ先が女壺のなかに埋まっていく。二枚の陰唇を巻きこみながら、まずは亀頭が完全に呑みこまれた。

「くううッ、は、入った」

数年ぶりのセックスだ。一番太いカリが膣口《ちつこう》を通過した直後、膣が収縮して媚《び》肉《にく》がいっせいに吸着してくるのがわかった。

「ああンっ、やっぱり太い」

膣口が太幹を絞りあげている。膣襞《ひだ》がザワめいており、亀頭の表面を撫でまわしていた。

さらに桃香が尻を下降させて、ペニスがどんどんはまっていく。膣襞が波打つように蠢《うごめ》き、肉竿《にくざお》の表面を這いまわる。女壺はまるで意志を持った生物のように、男根を奥へ奥へと引きこんでいた。

「ああっ、志郎さん」

「あ、熱い……すごく熱いよ」

ついに肉柱がすべて彼女のなかに収まった。

蜜壺はまるで溶鉱炉のように熱くてドロドロしている。無数の襞が男根にからみつき、本能のままに締めあげていた。

「こんなに奥まで……はああンっ」

桃香は完全に腰を落としこみ、自分の臍の下に手のひらをあてがっている。男根がそこまで達しているのか、うっとりした様子で撫でまわしていた。

「こんなにすごいの、はじめてかも……」

またしても男を悦ばせる台詞をつぶやき、濡れた瞳で見おろしてくる。挿入した状態で視線をからませると、それだけで快感が大きくなった。

(ほ、本当に、桃香ちゃんと……)

信じられないことが現実になっていた。

桃香は二十六歳のＯＬだ。いつも笑顔を振りまいている彼女が、裸で股間にまたがっているのだ。志郎は背筋がゾクゾクするような悦びを覚えて、震える両手を目の前の乳房に伸ばしていった。

「あンっ」

彼女は小さな声を漏らすが、志郎の好きにさせてくれる。乳房は張りがあるのに柔らかく、指をそっと曲げるだけで簡単に沈みこんでいった。

「こ、これが、桃香ちゃんの……」

乳首を摘まみあげてみると女体がピクッと反応する。それならばとクニクニ転がせば、蜜壺が収縮してペニスが絞りあげられた。

「ああンっ、もうダメぇ」

桃香は甘えた声を漏らして、腰をゆったり振りはじめる。志郎の腹に両手を置き、股間を擦りつけるような前後の動きだ。互いの陰毛同士が擦れ合い、ときおり乾いた音を立てていた。

「あっ……あっ……」

切れぎれの喘ぎ声も、牡の性感を刺激する。志郎は乳房を揉みながら、彼女の動きに身をまかせていた。

「うウッ、す、すごい」

若くて可愛い女性が、股間にまたがって腰を振っているのだ。これなら久しぶりのセックスでも問題なかった。

「先っぽが奥まで来てるの……ああンっ」

桃香の瞳は虚《うつ》ろになっている。顎を微かにあげてハアハアと呼吸を乱しながら、男根の感触を味わっていた。

「ああっ、気持ちいい」

彼女の言葉が勇気を与えてくれる。志郎は乳房を揉みしだき、遠慮がちに股間を突きあげた。

「あうッ、奥っ、ああッ、奥に当たるぅっ」

奥を抉《えぐ》られるのが好きらしい。桃香の喘ぎ声が大きくなり、ますます気分が高まった。

「お、俺も……俺も気持ちいいよ」

志郎が告げれば、彼女の腰の動きが大胆になる。股間をぴったり密着させた状態で、下腹部をクイクイしゃくりあげてきた。

「あッ……あッ……もう腰がとまらない」

「おおッ、おおおッ」

桃香の腰の動きを見ているだけでも射精欲が刺激される。ペニスに直接感じる刺激だけではなく、女体のくねる様子が欲望を煽り立てていた。

ふいに彼女の動きが変化する。今度は膝のバネを使った上下動だ。首を持ちあげて結合部分を見おろせば、硬直したペニスが女壺を出入りする様がはっきりわかった。

「あンっ……ああンっ」

桃香は甘い声をあげながら腰を振っている。尻を上下に弾ませるたび、双乳もタプタプと波打った。

「は、激しい……ううッ」

「こうすると、奥まで……ああッ」

志郎が呻けば桃香も喘ぎ声を迸《ほとばし》らせる。ふたりは快楽を共有することで同時に高まっていた。

「も、桃香ちゃん、気持ちいいっ」

彼女の尻を抱えこみ、志郎も下から股間を突きあげる。彼女の腰振りに合わせてペニスを叩きこむことで、先端が子宮口を思いきり刺激した。

「あひッ、そ、そんなに強く、ひあああッ」

桃香が髪を振り乱して、裏返った嬌声《きょうせい》を振りまきはじめる。いよいよ最後の瞬間が近づいているのか、女壺が猛烈に締まってきた。

「くおおッ、締まる、も、もうっ」

志郎も唸りながら腰を振りまくる。もうこれ以上は耐えられそうにない。睾丸《こうがん》のなかの精液が、出口を探し求めて暴れ出した。

「おおおッ、おおおおッ」

尻たぶに指を食いこませて、股間をガンガン突きあげる。ペニスの切っ先が膣奥を抉りまくり、桃香が女体を仰《の》け反《ぞ》らせた。

「はあああッ、も、もうダメっ、あああッ、イッちゃいそう」

「お、俺も、うううッ、桃香ちゃんっ」

もう射精することしか考えられない。ふたりは最後の瞬間に向けて、息を合わせて腰を振りまくった。

「ああッ、あああッ、いいっ、いいっ」

「おおおッ、も、もうっ、おおおおおッ」

猛烈な勢いで腰を振り、肉柱を連続で出し入れする。子宮口を叩くたび、膣の収縮が激しくなった。

「はああッ、イ、イクッ、もうイッちゃうっ」

「くおおッ、出るっ、出る出るっ、ぬおおおおおおおッ！」

志郎は獣のような咆哮《ほうこう》をあげながら、ついに男根を脈動させる。凄《すさ》まじい勢いでザーメンが尿道を駆け抜けて、気が遠くなるほどの快感が押し寄せた。志郎はペニスを抜くことなく、膣の最深部で思いきり欲望をぶちまけた。

「ひあああッ、い、いいっ、イクッ、イクイクッ、あぁあああああッ！」

ついに桃香もアクメの嬌声を響かせる。女壺が蠕動《ぜんどう》するように蠢き、男根をこれでもかと締めつけた。

「くうううッ！」

絶頂は終わることなく延々とつづき、ついには頭のなかがまっ白になった。意識が飛びかけたとき、力つきた桃香が倒れこんできた。

「あううっ……」

彼女もなかば意識を失っている。ただ膣だけは蠢いており、まだペニスをしっかり食いしめていた。

志郎はとっさに両手をひろげて女体を抱きとめると、どちらからともなく唇を重ねていった。絶頂の余韻が色濃く残るなか、ふたりは一時の快楽に溺れながら舌を深く深くからませた。

「志郎さん、好き……ああっ、好きよ」

桃香が譫言《うわごと》のように語りかけてくる。志郎はキスで応えながらも、これが刹那的なものだと理解していた。

少し淋しい気もするが、一瞬のことだとわかっているからこそ、これほど燃えあがるのかもしれない。

いずれにせよ、若い彼女を幸せにするのは自分ではなかった。どうかいい人と出会って幸せになってほしい。彼女の火照った背中を擦《さす》りながら、心からそう願ってやまなかった。

第三章　大晦日は人妻と

1

大晦日《おおみそか》――。

志郎はジョイナスのカウンター席でハイボールのグラスを傾けていた。

仕事は年末年始の休みに入っている。すでに両親は亡くなっており兄弟もいないため、里帰りする必要はなかった。

とくにすることもなくアパートでごろごろしていたが、さすがに暇なので出かけることにした。

とはいっても、行き先はジョイナスくらいしかなかった。不思議と心が暖かくなる場所で、実家のような雰囲気すら漂っていた。壁はピンクでミラーボールもあるのに、なぜか心安らぐ店だった。

さすがに大晦日は空《す》いている。志郎が来たのは夕方六時半くらいだ。今は八時をすぎているが、その間ずっとひとりだった。

「誰も来ませんね」

ハイボールを飲みながらマスターに話しかけてみる。

ジョイナスに来れば誰かに会えるかもしれないと思ったが、今夜ばかりは常連客も出歩かないようだった。

「たまには静かな夜があってもいいんじゃないですか」

マスターはひとり身なので、毎年こうして店を開けているという。

最初から暇だと予想していたらしく、この日はのんびり焼酎のウーロン割りを飲んでいた。

「そうですよね……大晦日ですからね」

確かに、こうやってひとりで飲むのも悪くない。ハイボールを喉に流しこみながら、由紀子のことを考えていた。

(全然、会ってないな……)

言葉を交わしたのは、深夜の公園で愛撫《あいぶ》してもらったのが最後だ。

その後、由紀子は一度もジョイナスに来ていない。もしかしたら、自分のせいかもしれないと責任を感じていた。そのことを誰にも話せないのがよけいにつらかった。

先日、中年男に腰を抱かれて歩いているところを見かけた。だが、あのときはチンピラにからまれている最中だった。声をかけることもできず、もやもやしたものが胸に残っていた。

（あの男、誰なんだ？）

由紀子はまったくいやがる素振りがなかった。

腰に手をまわされても拒絶しないのだから、親しい関係なのは間違いない。まさかあの男とつき合っているのだろうか。

彼女は未亡人だ。しかも、まだ若くて美しい。飢えた男たちが群がってくるのは当然のことだった。

（そりゃそうだよな……）

志郎は心のなかでつぶやき、小さく息を吐き出した。

結局のところ、志郎も飢えた男のひとりなのかもしれない。未亡人を口説こうとするその他大勢と同じではないか。

（いや、俺は……）

彼女と話して共感する部分があった。すべてを打ち明けたわけではないが、心のつながりを持てたと思う。確かに整った顔立ちの女性だが、惹《ひ》かれた理由はそれだけではなかった。

（由紀子さん、わかってくれますよね？）

脳裏に浮かべた由紀子に語りかける。

しかし、彼女からすれば、志郎など自分に群がってくる大勢の男たちと同列かもしれなかった。

「みんな、なにしてるんでしょうね」

志郎のつぶやきに、マスターは無言のままこっくりうなずいた。

モニターに流れる洋楽のライブ映像を眺めながら、常連客の顔をひとりひとり思い浮かべた。

桃香の実家は函館《はこだて》だと聞いている。

年末年始は田舎《いなか》に帰って親孝行すると言っていた。彼女とは一度関係を持ったが、やはりそれ以上の発展はなかった。この店で顔を合わせても、互いに何事もなかったように接していた。

彼女にはもっと相応《ふさわ》しい男がいるはずだ。いつか心やさしい彼氏を紹介してくれることを願っていた。

典夫の実家はどこだろうか。

帰省すると言っていたが、あまり気乗りしない様子だった。早く結婚相手を見つけろと親にせっつかれるらしい。今年三十八歳になったが、しばらく恋愛から遠ざかっているようだった。

「そういえば、奈緒さんはどうしてるんですか？」

ここ数日、奈緒の姿を見かけていない。志郎はちょくちょく来ていたが、たまたま会わなかっただけだろうか。

「来ていませんね」

マスターも把握していないようだった。

ジョイナスに来ないということは、夫が休みで家にいるのだろう。奈緒はいつも愚痴をこぼしているが、夫婦仲が悪いわけではない。たまには夫婦で仲睦《なかむつ》まじくすごしているのかもしれなかった。

「ひとり者は淋《さび》しいですね。ジョージさん」

考えてみればマスターもバツがついているのだ。もしかしたら、一番わかり合える相手かもしれなかった。

だが、マスターは多くを語らないタイプだ。職人気質《かたぎ》で無口な男なので、自分のことを詳しく話そうとしない。だから、ミステリアスで面白いのかもしれなかった。

窓の外を見やると小雪がはらはらと舞っていた。

そういえば、今夜はとくに冷えるらしい。水道の凍結に注意するようにとテレビの天気予報で言っていた。東京では考えられないことだが、札幌では凍結した水道管が破裂することもめずらしくないという。

「なんか、あったかいものでも食べようかな」

考えてみれば、昼にコンビニ弁当を食べたきりだった。

なにか注文しようとメニューを開いてみる。ピザ、タコス、カリフォルニアロールにバッファローチキンウイング。どれもうまそうだが今は違う気がした。

「さすがに年越し蕎麦《そば》は……」

遠慮がちに尋ねてみる。すると、金髪のマスターの目がキラリと光った。

「ありますよ」

蕎麦まであるとは、いよいよ何屋なのかわからなくなってきた。

一応、アメリカンバルと掲げているが、マスターは若いころに様々な料理の経験を積んでいる。もともとのレパートリーが幅広いうえ、今でも研究を欠かさないので、材料さえあれば大抵の料理を作ることができるのだ。

「じゃあ、年越し蕎麦、お願いします」

「かしこまりました」

マスターが仰々しく頭をさげて、さっそく調理を開始する。無茶ぶりされても決して手を抜かない根っからの料理人だった。

ほどなくして、ジョイナス特製の年越し蕎麦が完成した。

出汁《だし》の香りがたまらない。しかも、マスターが作るとハイボールにも合うから不思議だった。熱々の蕎麦を食べると一気に体温が上昇した。

「ふぅっ……うまかった」

汁を飲み干してどんぶりを置いたときだった。

ガチャリ――。

店のドアが遠慮がちに開く音がした。

2

カウンターのなかのマスターが入口に視線を向ける。志郎も釣られてゆっくり振り返った。

「あ……」

思わず小さな声が溢《あふ》れ出した。

そこに立っていたのは由紀子だった。

黒いダウンコートを着て、黒のロングブーツを履いている。志郎と目が合うと、彼女の顔にははにかんだ微笑がひろがった。

「お久しぶりです」

穏やかな声音は記憶のなかにあるままだ。どこか申しわけなさそうな表情も懐かしかった。

「いらっしゃいませ」

マスターは穏やかな声で迎えると、当然のように志郎の右隣の席にコースターを置いた。

由紀子はしなやかな仕草でコートを脱いでハンガーにかけた。なかに着ているのはダークグレーのセーターに黒のタイトスカートだ。彼女は地味な色合いの服が多かった。

意識的に目立たない格好をしているのだろうか。華やかな服をさけているような気がしてならない。どこか憂いを帯びた表情と相まって、常に負い目を感じて生きているように映った。

「ご実家には戻られなかったんですね」

マスターが話しかけると、由紀子はこっくりうなずいた。

「いろいろ用事があって……」

彼女の故郷は稚内だ。札幌からは三百キロ以上も離れている。簡単に行き来できる距離ではない。ひとり身の彼女が戻らないとは、よほど大切な用事があるのだろうか。

「失礼します」

由紀子が小声でつぶやきながらスツールに腰かけた。

あの夜のことをどう思っているのか気になった。まさか本当に酔っていて、すべてを忘れてしまったわけではないだろう。

志郎は緊張ぎみに会釈するだけで、言葉を放つことができずにいた。なにか話したいが、なにも思い浮かばない。なにしろ、あの公園の夜以来の再会だ。意識するなと言うほうが無理な話だった。

スツールに腰かけたことで、タイトスカートがずりあがる。黒いストッキングに包まれた太腿《ふともも》が覗《のぞ》くのを、志郎は視界の隅で捉えていた。

「赤ワインをいただけますか」

穏やかな声で注文すると、由紀子がこちらを向くのがわかった。

志郎は意識して正面だけを見ていた。それでも、横顔に彼女の視線が注がれるのを感じていた。

「今日はスーツじゃないんですね」

話しかけられた瞬間、失敗したと思った。

今日は仕事が休みだったのでチノパンにセーター、その上にダウンジャケットを羽織ってきた。由紀子が来るとわかっていたら、もう少しマシな服を着てきたのに……。

「普段はこんな感じです。くたびれたおじさんですよね」

自嘲的につぶやくしかなかった。

お世辞にもお洒落《しゃれ》とは言えない格好だ。自分でもわかっているが、服に費やす情熱も金もなかった。

（バカだな……なに意識してるんだ）

ハイボールをひと口飲んで苦笑を漏らした。

どうせ自分など相手にされるはずはない。あの夜は、彼女も淋しくて愛撫してくれただけだろう。でもそのあとで後悔したのではないか。今日までジョイナスに来なかったのがその証拠だった。

「いいと思います」

「……え？」

思わず隣を見やると、由紀子と視線が重なってしまう。瞬く間に顔が熱くなるのを感じて恥ずかしくなった。

「飾らないところが、志郎さんらしいです」

彼女の言葉を不思議な気持ちで聞いていた。

どうやら嫌われたわけではないらしい。それがわかっただけでも、舞いあがるような気分だった。

「カリフォルニアの赤ワインです」

マスターがワイングラスをカウンターに置いた。

この店にはカリフォルニア産の赤ワインが常備されている。マスターが厳選するのだから間違いはなかった。

「ありがとうございます」

由紀子はグラスの細い脚を摘《つ》まむと、赤ワインをひと口飲んだ。

彼女はなにも言わないが、表情がすべてを物語っていた。マスターが選んだワインは今回も口に合ったようだ。

（あの唇で、俺は……）

ついつい視線は彼女の唇に吸い寄せられてしまう。

グラスの縁にそっと触れて、赤ワインが口内に流れこんでいく。その様子がひどく生々しく感じられた。

脳裏に浮かぶのは、あの夜の光景だ。

小雪が舞うなか、由紀子にペニスをしゃぶられて射精に導かれた。あの蕩《とろ》けるような快楽がよみがえり、股間にずくりと疼《うず》きが走った。

この美しい未亡人にフェラチオされて、大量の精液を口内に注ぎこんだ。その熱い迸《ほとばし》りを、彼女は躊躇《ちゅうちょ》することなく飲んでくれた。射精している最中に吸茎されるのは、気が遠くなるほどの快楽だった。

（どうして、あんなことを……）

いまだに理解できずにいた。

どう見ても奔放なタイプではなかった。どんなに淋しくても、簡単には身体《からだ》を許さない貞淑さが感じられた。実際、志郎ともフェラチオどまりで、今こうしていてもつづきがあるとは思えなかった。

やはり彼女も共感してくれたと考えるのが自然な気がした。

おそらく由紀子もなにかを抱えこんでいる。互いの心にのしかかっているものが似ているのかもしれない。だから、心惹かれるものがあるのではないか。そんな気がしてならなかった。

「あの、由紀子さん……」

思いきって志郎のほうから語りかけてみる。

できることなら、もっと距離を縮めたい。自分の抱えているものを、彼女にならら打ち明けられるのではないか。ただの願望かもしれないが、そんな予感めいたものを感じていた。

「この間、お見かけしました」

「え……？」

由紀子はワイングラスを置くと、身体を少しこちらに向ける。セーターを押しあげている乳房のふくらみがタプンッと弾む。照明が当たって陰影ができており、やけに大きく感じられた。

「狸小路商店街を歩いているときに……クリスマスの前の金曜日でした」

あのとき由紀子は中年男といっしょだった。

忘れもしない、頭頂部が禿《は》げあがり、でっぷりと肥えた男だ。志郎はチンピラに殴られながらも、由紀子の後ろ姿を目で追っていた。

「クリスマスの前……」

「ひどい吹雪《ふぶき》だった夜です。覚えていませんか？」

志郎の言葉で由紀子の顔色が変わった。頬の筋肉がひきつり、あからさまに視線を泳がせた。

「吹雪の夜……ですか」

見られたくないところを見られて、なんとかごまかそうとしている。志郎の目にはそんなふうに映った。

（やっぱり、あの男となにかあったんだ……）

よけいに気になってしまう。彼女が言いたくなさそうにするから、なおさら追及したくなった。

「由紀子さんは男の人といっしょでした」

しゃべっているうちに嫉妬がこみあげてくる。

あのとき、由紀子は腰をしっかり抱かれて歩いていた。どう見ても普通の関係ではなかった。

カウンターのなかでは、マスターが洗いものをしている。こちらに視線を向けることはないが、おそらく声は聞こえているはずだ。微妙な空気を感じているからこそ、いっさい話しかけてこないのだろう。

「あの方は……夫の恩人です」

「旦那さんの？」

それが本当なら、彼女は夫の恩人に腰を抱かれていたことになる。

夫が亡くなり、落ちこんでいるところを慰めてもらっているうちに、いつしか深い関係になったのかもしれない。よくある話だ。しかし、彼女の表情は冴《さ》えなかった。

「生前、大変お世話になった方で……」

平静を装っているが、由紀子の口調は重く沈んでいた。なにか事情があるとしか思えない。しかし、彼女はそれ以上、いっさい語ろうとしなかった。

(でも、なにか困っているなら……)

彼女を助けたいという思いもある。事情だけでも聞かせてほしいが、由紀子は視線をすっとそらしてしまった。

「あの――」

「こんばんは」

思いきって尋ねようとしたとき、店のドアが開いた。

奈緒だった。まっすぐカウンターに歩み寄るなり、悲痛な声でマスターに語りかけた。

「ジョージさん、聞いてくださいよ。うちの人、大晦日なのに仕事なの」

「それはお忙しいですね」

マスターの声はあくまでも落ち着いている。なんとか落ち着かせようと、奈緒の指定席である一番奥の席にコースターを置いた。

「とりあえず座ってください」

うながされた奈緒がカウンターに視線を向ける。そのときはじめて先客がいることに気がついたらしく、はっとした様子で口もとを手で覆った。

「ご、ごめんなさい」

夫への不満を聞かれていたと知り、奈緒の顔がまっ赤に染まっていく。

由紀子に会うのは久しぶりだが、挨拶をする余裕もないようだ。ダッフルコートを脱ぐと、そそくさと奥のスツールに腰をおろした。

「コロナビールでよろしいですか？」

マスターが声をかけると、奈緒は小さく首を振った。

「強いのください。バーボン、ストレートで」

まだ相当苛立《いらだ》っているようだ。いつもはコロナビールなのに、今夜は酔いたい気分なのだろう。

奈緒が来たことで、由紀子との会話が途切れてしまった。

あの中年男のことは気になるが、聞ける空気ではなくなっていた。由紀子の横顔には安堵《あんど》と落胆の色が浮かんでいる。追及されずにほっとしながらも、ひどくがっかりしているようだった。

（やっぱり、なにかあるんじゃないか）

そう思ったとき、由紀子がスツールから腰を浮かした。

「ジョージさん、ごちそうさまです」

努めて明るい声で告げるが、どこか陰が感じられる。いったい、なにを抱えこんでいるのだろうか。

「もうお帰りですか？」

遠慮がちに声をかけると、彼女はすっと視線をそらした。

「ええ……これから人と会う約束があるので……」

どうにも歯切れが悪かった。頬がこわばっており、言葉の端々にとまどいが感じられた。

なにか妙だった。未亡人の由紀子が、大晦日の夜十時すぎに会う相手とは、はたして誰なのか。

（まさか、あの男なんじゃ……）

脳裏に浮かんだのは、吹雪の夜に見かけた中年男だった。

夫の恩人だと言っていたが本当にそうだろうか。なにか困ったことに巻きこまれているのではないかと心配だった。

「では、また……」

会計をすませると、由紀子はダウンコートを着てこちらに視線を向ける。目が合った瞬間、志郎の胸は切なく締めつけられた。

(うっ……)

この感覚はいったいなんだろう。

もしかしたら、引き止めてほしいのではないか。もっと話を聞いてもらいたかったのではないか。なんの根拠もないが、彼女の瞳がそう語りかけている気がしてならなかった。

(なにか話しかけないと)

そう思うが、とっさに言葉が出なかった。

あの夜は口で愛撫してくれたが、それきりの関係だ。志郎が一方的に想いを寄せているだけで、由紀子の気持ちはわからない。出すぎた真似《まね》をして嫌われたくなかった。

引き止める理由を探している間に、由紀子は背中を向けてしまう。

後ろ姿がやけに悲しげに見えたのは気のせいだろうか。由紀子が店を出て、螺《ら》旋《せん》階段を降りるカンカンという足音が聞こえてきた。

(待ってくださいっ)

思わず追いかけようとしたときだった。いきなり左腕をつかまれて、強く引き寄せられた。

「志郎さん、飲みましょう」

視線を向けると、奈緒の懇願するような瞳があった。

なにやら夫のことで不満を募らせているらしい。いつにも増して深刻な表情になっていた。

「ねえ、わたしたち、友だちでしょう?」

「も、もちろんです」

「それなら、いっしょに飲んでください」

涙を湛《たた》えた瞳で見つめられたら突き放せない。由紀子のことは気になるが、志郎はスツールに座り直すしかなかった。

3

「信じられないでしょ」

奈緒の前にはバーボンのショットグラスとチェイサーが置いてある。バーボンはすでに二杯目だった。

「大晦日に仕事って、どんな会社なのよ」

彼女の夫はＩＴ企業で働いている。当初は年末年始をきっちり休むはずだったが、開発中のプログラムにバグが見つかり、急遽《きゅうきょ》呼び出しがかかったらしい。数日間は会社に泊まりこんで、修正作業に追われているという。

「奈緒さんも大変なんですね」

志郎は言葉を選んで声をかけた。

働いている夫が一番大変だと思うが、下手《へた》に擁護すると奈緒の不満が爆発してしまう。彼女も陰ながら夫を支えているのは間違いなかった。

「奈緒さんが家をしっかり守っているから、旦那さんは仕事に専念できるんでしょうね」

「あっ、いいこと言いますね」

奈緒の目もとはほんのり染まっている。バーボンが効いているのだろう、いつもとは様子が違っていた。

「志郎さん、もっと飲みましょう」

「え、ええ……じゃあ、ハイボールお願いします」

おかわりを注文すると、マスターは手際よく作ってくれる。いっさい口を開かないのは、話をややこしくしないための配慮だろう。そんなマスターの気遣いもあって、奈緒の機嫌は少しずつよくなってきた。

「志郎さんはひとりで淋しくないんですか？」

「まあ、淋しいときもありますけど……」

正直につぶやくと、彼女は大きく何度もうなずいた。そして、いきなり腕を組んできた。

（おっ……）

ダンガリーシャツに包まれた奈緒の乳房が、志郎の肘に触れている。柔らかくひしゃげているのがわかり、一気に緊張感が高まった。

ついついモスグリーンのフレアスカートに視線が向いてしまう。膝は完全に隠れていて露出は少ないが、むっちり張り出した尻のラインがやけに生々しく感じられた。

「わたしたち、淋しい者同士ね」

かなり酔っているらしい。こんな奈緒を見るのははじめてだった。

（まいったな……）

仮にも彼女は人妻だ。過剰なスキンシップはさけたいところだが、突き放して機嫌が悪くなるのも困ってしまう。

助けを求めてマスターに視線を送るが妙案はないらしい。志郎にだけわかるように、わずかに首を左右に振って合図を送ってきた。

（むむっ、困ったぞ）

こうなったら自力でなんとかするしかない。酔った人妻と一線を越えたりしたら、あとで面倒なことになりそうだった。

「おっ、もうこんな時間か」

腕時計に視線を落としてつぶやいた。

いつの間にか時刻は夜十一時をすぎている。年越しの瞬間まで、あと一時間を切っていた。

「そろそろ帰ろうかな。大晦日だから早く閉めるんですよね」

声をかけながら懸命に目配《めくば》せすると、意図が伝わったらしい。マスターは表情を変えずにうなずいてくれた。

「ええ、大晦日くらいはゆっくりしようと思いまして」

志郎はマスターの気遣いに感謝しながら立ちあがった。

「じゃあ、お会計お願いします」

「もう帰るの？」

奈緒はまだ飲み足りない様子だったが、意外にもあっさり会計をして帰り支度をはじめた。

「いつもありがとうございます。来年もよろしくお願いします」

マスターがやけに丁寧に頭をさげる。志郎と奈緒も深々と腰を折り、来年も飲みに来ることを約束して店をあとにした。

螺旋階段を降りたところで、奈緒と向き合った。雪はやんでいたが、予報どおり気温はさがっていた。鼻で息を吸うと、鼻毛が凍るような感じがする。これまで経験したことのない感覚だった。

「ううっ、寒っ」

「マイナス十度くらいですね」

さすがは道産子《どさんこ》、この寒さでもまったく動じる様子はなかった。

「家の前まで送ります」

方向は真逆だが、女性をひとりで帰らせるわけにはいかない。徒歩で三分ほどだと聞いているので、まずは彼女を送るつもりだった。

「紳士なんですね」

並んで歩きはじめると、奈緒はうれしそうにつぶやいた。大晦日に夫がいない淋しさも、多少は薄れたようだった。

すぐに彼女が住んでいる賃貸マンションに到着した。

八階建ての立派な建物だ。志郎が住んでいる単身者向けのアパートとはまったく違っていた。

「じゃあ、また……」

「コーヒーでも、いかがですか？」

奈緒に引き止められて困惑する。夫が留守中にお邪魔するのは、下心がなくてもまずい気がした。

「旦那さんに叱られちゃいますよ」

「仕事人間ですから、絶対に気づきませんよ」

そうつぶやく奈緒が、ひどく淋しげに映った。

「ね、お願いだから寄っていってください。送ってもらったのに、そのまま帰すなんてできません。体も冷えてるでしょう？」

熱心に誘われて、コーヒーを一杯だけご馳走《ちそう》になることにした。気温が異様に低いため、冷えた体を温めたい気持ちもあった。

オートロックの入口を通過してエレベーターに乗りこんだ。三階で降りて廊下を進み、三〇四号室に案内された。

「どうぞおあがりください」

リビングに通されて、勧められるままソファに座った。

三人がけのソファはふかふかしており、体が沈みこんでいくようだ。足もとには毛足の長い絨毯《じゅうたん》が敷かれていた。壁際には大画面のテレビがあり、別の壁際には大きな本棚が置いてあった。

目の前のガラステーブルは磨きこまれており、一点の曇りも見当たらない。部屋のなかには塵《ちり》ひとつなく、整理整頓と掃除が行き届いていた。

「今、コーヒーを淹《い》れてきます」

「あ……お構いなく」

「楽にしててくださいね」

奈緒はそう言って対面キッチンに向かった。

ひとり残された志郎は、リビングを見まわして思わずため息をついた。

この部屋には夫婦の匂いが溢れている。本棚に置かれたフォトスタンドに結婚式の写真が飾られていたり、食器棚にはおそろいのマグカップが置いてあったり、他にも夫婦の幸せがそこかしこに滲《にじ》んでいた。

(俺は、どうして……)

正直うらやましくてたまらなかった。

この部屋を見れば夫婦仲が悪くないのはよくわかる。奈緒の愚痴も仲がいい証拠だった。

「お待たせしました」

しばらくして奈緒が戻ってきた。

手にしたトレーにはコーヒーではなく、グラスがふたつとウイスキーのボトルが載っていた。

「それって……」

「お酒のほうが温まると思って」

奈緒はそう言って隣に腰かけると、グラスにウイスキーを注《つ》いでいく。どうやらストレートで飲むつもりらしい。誘われているような気もするが、考えすぎだろうか。

(なんか、おかしなことになってきたぞ)

意識しすぎていると思われそうで断りづらい。だからといって、あっさり飲むのも違う気がした。

「じゃ、じゃあ……一杯だけ」

「一杯と言わず何杯でもどうぞ」

勧められるままグラスを手にする。奈緒もグラスを掲げて乾杯をした。

普段はストレートで飲むことはない。喉がカッと熱くなり、頭の芯まで痺《しび》れるような気がした。

「くぅっ……効きますね」

「ふふっ、なんだか楽しくなってきました」

楽しげな笑みを向けられると悪い気はしなかった。

午前零時まであと十五分ほどだ。まさか人妻といっしょに年を越すことになるとは思いもしなかった。

こんなところを旦那に見られたら大変なことになる。邪《よこしま》な気持ちはないと言っても信じてもらえないだろう。

「旦那さんは、会社に泊まるんですよね」

気になって確認すると、奈緒はじっと見つめてきた。

「夫が怖いですか？」

挑発的な言い方だった。ジョイナスでは決してみせることのない艶っぽい顔つきになっていた。

「そ、それは気になりますよ。誤解されたら奈緒さんも困るでしょ」

「わたしは構いませんよ」

奈緒の瞳が潤みを増した気がする。彼女はまっすぐ見つめたまま、決して視線をそらそうとしなかった。

「……はい？」

いったいなにを考えているのだろう。志郎はそれ以上言葉を発することができなくなった。

「大丈夫です。夫は東京本社ですから」

奈緒の言葉に驚かされる。

彼女の夫は札幌にいるとばかり思っていたが、急遽、東京本社に呼び出されたという。それなら戻ってくるはずがなかった。

「だから、今夜なにが起こってもばれることはないんです」

意味深につぶやくと、奈緒は志郎の手からグラスを奪ってガラステーブルにそっと置いた。

「一度でいいから経験してみたかったんです」

「な、なにを……ですか？」

黙っていればいいのに尋ねてしまう。そうやって言葉を交わしているうちに、どんどん深みにはまっていた。

「ふ、り、ん」

囁《ささや》くような声だった。

奈緒の頬が赤く染まっている。男を誘うことに慣れていないのだろう。自分の言葉に照れており、しきりに腰をくねらせた。

「な……なにを言ってるんですか」

笑ってごまかそうとするが、頬の筋肉がひきつって上手《うま》くいかなかった。

彼女は決して奔放な女性ではない。愚痴をこぼすことも多いが、じつは夫につくす古風なタイプだ。ただ夫が仕事で留守がちなため、淋しさを募らせていたのだろう。

（そういえば……）

以前、奈緒は桃香のことをうらやましいと言っていた。

桃香は好きになると、相手が既婚者だろうが積極的にアタックするらしい。奈緒はそんな奔放な桃香に憧れている節があった。

「一度だけでいいの」

奈緒がすっと身を寄せてくる。ウエーブのかかった髪から、甘いシャンプーの香りがふわっと漂ってきた。

「わたし、夫しか知らないんです。それって、今どきおかしいですよね？」

「べ、別にそんなことは……」

「このまま年を取るなんていや……他の男の人のことも知りたいんです」

見つめてくる瞳から切実な願いが伝わってきた。

だが、今ひとつわからない。夫に不満はあっても些細《ささい》なことだ。当てつけで不倫をするほど仲がこじれているわけではなかった。

「あの……旦那さんを嫌いになったわけではないんですよね？」

遠慮がちに尋ねてみる。すると彼女は志郎の言葉にこくりと頷いた。

「でも、やっぱり淋しいです。女ですから……」

そうつぶやき胸板に頰を寄せてくる。フレアスカートのなかで、内腿をもじもじ擦り合わせているのがわかった。

（もしかしたら、旦那さんと……）

夜の生活が滞っているのかもしれない。

志郎にも経験があるのでよくわかる。極限まで仕事に追われているとき、性欲をまったく感じなかった。妻が求めているとわかると、鬱陶しく感じることさえあった。

（俺は、早織にこんな淋しい思いをさせてたんだ……）

いつしか、別れた妻の姿を奈緒に重ねていた。

男は仕事だけしていればいいわけではない。家庭を顧みないと、ときとして貞淑な人妻をここまで追いこんでしまうこともある。

（俺は最低だ……）

仕事が忙しいというのは言いわけだ。もっと寄り添うことができていれば、最悪の事態はさけられたかもしれない。後悔の念が胸のうちでひろがり、押し潰されそうになった。

「ねえ、志郎さん……」

奈緒が胸板に頬を押し当てたまま見あげてくる。濡《ぬ》れた瞳で見つめられて、股間がズクリと疼いた。

（欲情……してるんだ）

人妻に求められている。牡《おす》として見られていることを意識して、志郎も下腹部が熱くなるのを感じていた。

「志郎さんなら大丈夫ですよね」

「い、いや……ま、まずいですよ」

息がかかるほど顔が近づいている。

すぐ近くから見つめられて、胸の鼓動が速くなってしまう。彼女の頰は志郎の胸板に触れていた。

「ドキドキしてます……わたしも……」

奈緒が手を握ってくる。そのまま引き寄せられて、ダンガリーシャツの乳房のふくらみに手のひらが重なった。

「な……なにを……」

すぐに手を引けばよかったのかもしれない。しかし、どうしてもそれができなかった。

「お願いです……今夜だけ慰めてください」

志郎の手の甲を抑えている彼女の手は震えていた。

夫しか知らない一途《いちず》な人妻が、勇気を出して誘っているのだ。その気持ちを思うと無下にはできなかった。

4

「本当に……ここで？」

志郎は思わずつぶやいた。

目の前にはダブルベッドがあった。サイドテーブルに置かれたスタンドの淡い光が、十畳ほどの室内をぼんやり照らしていた。窓にはワインレッドのカーテンがかかっており、部屋の隅には鏡台が置いてあった。

奈緒に手を引かれて夫婦の寝室に案内された。そこは決して他人が足を踏み入れてはいけない場所だった。

「一度だけ……人生で一度だけの不倫と決めています」

隣に立っている奈緒がつぶやいた。消え入りそうな声だが、強い決意が伝わってきた。

「だから、思いきり淫らなことを経験してみたいんです」

奈緒はそう言うと、ダンガリーシャツのボタンに指をかける。

躊躇したのは一瞬だけで、上から順にはずしていく。前がはらりと開き、生活感溢れるベージュのブラジャーが見えてきた。

ダンガリーシャツを脱ぎ去ると、フレアスカートをおろして抜き取った。さすがに恥ずかしいのか、奈緒は視線を合わせようとしない。ストッキングに指をかけると、前屈《まえかが》みになりながらさげていった。

パンティも飾り気のないベージュだ。専業主婦らしい地味な下着が、かえって牡の欲望を煽《あお》り立てた。

「ああ……」

視線を感じて奈緒が微《かす》かに喘《あえ》いだ。むっちりした人妻の女体が、スタンドの飴《あめ》色《いろ》の光のなかで艶《なま》めかしくくねっていた。

「な……奈緒さん」

もうここまで来たら引くことはできない。志郎自身も欲望を滾《たぎ》らせており、すでにペニスは硬く屹立《きつりつ》していた。

慌ただしくセーターを脱ぎ、チノパンをおろしていく。グレーのボクサーブリーフは恥ずかしいほど大きくふくらみ、頂点の部分には我慢汁の黒っぽい染みがひろがっていた。

さらにボクサーブリーフも脱ぎ捨てて、勃起したペニスを露出させる。肉胴には太い血管が浮かびあがり、亀頭は今にも弾《はじ》けそうなほどパンパンだ。尿道口からは我慢汁が溢れて、先端をしっとり濡らしていた。

「や……」

奈緒は目を見開き、怯《おび》えた様子で口もとに手をやった。

禍々《まがまが》しいペニスを目にして、頬をこわばらせている。もしかしたら、後悔の念が芽生えているのかもしれない。それでも意を決したようにブラジャーを取り去り、パンティもおろしてつま先から抜き取った。

「おおっ……」

志郎は思わず唸《うな》っていた。

一糸纏《まと》わぬ姿になった奈緒が、恥ずかしげに立ちつくしているのだ。乳房は下膨れした釣鐘形で、先端の乳首はローズピンクだった。大きめの乳輪がなんとも卑猥《ひわい》で、いきなりむしゃぶりつきたい衝動に駆られてしまう。

腰はしっかりくびれて、双臀《そうでん》は人妻らしく張り出している。陰毛は薄くて申しわけ程度にしか生えておらず、白い地肌が透けていた。縦に走る溝まで見えており、ぴったり閉じた内腿の奥につづいている。とにかく、匂い立つような人妻の女体だった。

「な……奈緒さん」

無意識のうちに両手を伸ばし、双乳を掬《すく》いあげるように揉《も》みしだいた。

「あっ……し、志郎さん」

奈緒はとまどいの声を漏らすが、それでもいやがる素振りはいっさいない。両手を脇に垂らしたまま、志郎の好きにさせてくれた。

(柔らかい……ああ、柔らかいぞ)

人妻の乳房は今にも溶けてしまいそうな感触だ。そっと揉みあげるだけで、指が簡単に沈みこむ。ゆったりこねまわして、大きめの乳輪を指先でそっとなぞってみた。

「はンンっ」

奈緒がくすぐったそうに腰をよじる。そうやって反応してくれることがうれしくて、志郎はさらに乳輪をなぞりつづけた。

「そ、そこばっかり……あンンっ」

瞬く間に乳首が充血していく。先端がぷっくり飛び出し、乳輪もドーム状にふくらんだ。

「硬くなりましたよ」

尖《とが》り勃《た》った乳首は色も濃くなっている。そこを指先で摘まんで、クニクニとやさしく転がした。

「あっ、も、もう……」

奈緒はたまらなそうに喘ぐと、志郎の股間に手を伸ばしてくる。そして、おずおずと太幹に指をまわして、硬さを確かめるようにしっかりつかんだ。

「くうっ……」

軽く握られただけで快感が波紋のようにひろがった。

貞淑な人妻が夫以外のペニスに触れている。熱くて太い肉棒に、ほっそりした指を巻きつけているのだ。それを考えるだけで、男根はさらにひとまわり大きくふくらんだ。

「ああ、硬いです」

奈緒の声には驚きが入り混じっている。

もしかしたら、夫のペニスより硬いのだろうか。ゆっくり指を滑らせて、ため息を漏らしながら目を細めた。

「それに、すごく大きいです」

そんな彼女の囁きが志郎に自信を与えてくれる。

どこまで本気かわからない。それでも少しペニスを褒められるだけで、自分が強くなったような錯覚に陥るのだ。相手が人妻ならなおさらだ。夫よりもすごいと言われている気がして優越感がこみあげた。

「そんなに大きいですか」

声をかけると、彼女は恥ずかしげにうつむいてしまう。それでもペニスから手を離すことはなかった。それならばと、双《ふた》つの乳首を転がす指先にキュッと軽く力をこめた。

「あンっ、そ、そんな……」

刺激が強すぎたのだろう、奈緒が小さく喘いで顎を跳ねあげる。それと同時にペニスをぐっと握りしめてきた。

「ううッ」

思わず呻《うめ》き声が溢れ出す。すると、彼女は男根をしごきはじめた。太幹に巻きつけた指をスライドさせて甘い刺激を送りこんでくる。彼女の積極的な姿勢が、志郎のなかの牡を目覚めさせた。

「奈緒さんっ」

立ったまま乳房にむしゃぶりついていく。硬くなった乳首を口に含み、舌を這《は》いまわらせて吸いあげた。

「ああッ、い、いきなり……」

女体をぶるっと震わせるが、いやがる素振りはいっさいない。それどころか、ペニスをしごくスピードをアップさせた。

「うむっ」

志郎は呻きながらも双つの乳首を交互にしゃぶりまわす。唾液をたっぷり塗りつけては、不意を突くように前歯で甘嚙《あまが》みして、痛みと背中合わせのきわどい快感を送りこんだ。

「あンっ……ああンっ」

奈緒は甘い声を振りまき、腰をくなくなとよじらせる。もう立っているのもつらそうなので、いよいよベッドに押し倒した。

「本当にここでいいんですね」

仰向《あおむ》けになった彼女に覆いかぶさり、乳房を揉みながら声をかける。なにしろ、夫婦のベッドで夫以外の男に抱かれようとしているのだ。直前になって気が変わってもおかしくなかった。

「ここで……抱いてください」

奈緒は潤んだ瞳でつぶやいた。

「思いきり淫らなこと、してみたいんです」

握りしめたままの男根をしごいてくる。先走り液をヌルヌル塗り伸ばして、甘い刺激を送りこんできた。

「一度くらい冒険したいです……最初で最後の冒険につき合ってください」

奈緒の気持ちがしっかり伝わり、志郎のなかの迷いが消し飛んだ。

「じゃあ、逆向きになって俺の上に乗ってもらえますか。顔をまたいで重なるんですよ」

彼女の隣で仰向けになって声をかける。ペニスは天井に向かって屹立しており、軽く弓なりに反り返っていた。

「そんなことしたら……」

奈緒は横座りの姿勢で困惑している。どういう体勢になるか想像したのだろう、耳までまっ赤に染めあげていた。

「旦那さんとはしたことないんですか？」

「ないです……そんな淫らなこと……」

「じゃあ、俺が経験させてあげますよ」

もう引くことなど考えていない。今夜は湧きあがる欲望のままに振る舞うつもりだった。

「本当に……するんですか？」

奈緒はそうつぶやきながらも志郎の顔をまたいでくる。そして、むっちりした女体をぴったり重ねて密着してきた。

「おおおっ！」

目の前に絶景がひろがった。

脂の乗った双臀が迫っており、人妻の秘めたる部分が丸見えだ。くすんだ色の尻穴はキュッと恥ずかしげにすぼまっている。その下にはサーモンピンクの陰唇があり、すでにたっぷりの華蜜で濡れ光っていた。

「全部見えてますよ。奈緒さんの大事なところ」

「ああっ、見ないでください」

奈緒は抗議するように訴えるが、体勢を変えるつもりはないらしい。股間を晒《さら》した状態で、自らペニスに指を巻きつけてきた。

「奈緒さんもその気になってるじゃないですか」

濡れそぼった割れ目に、フーッと息を吹きかけてみる。すると、二枚の花弁がまるで意志を持った生物のようにグニグニと蠢《うごめ》いた。

「あンンっ、な、なにしてるんですか？」

熱い息を感じて、奈緒がペニスを握ったまま腰をよじった。

「やっぱりわかるんですね。蜜がトロトロ溢れてきましたよ」

わざと彼女の股間がどういう状態になっているのかを伝えながら、さらに息を吹きかけてみる。すると、陰唇の動きはさらに大きくなり、肉の合わせ目から透明な汁がジクジク湧き出してきた。

「ンンっ、そんなことばっかり……」

焦《じ》れたように腰を振り、ついにはペニスにむしゃぶりついてくる。亀頭をぱっくり咥《くわ》えこみ、柔らかい唇で肉胴を締めつけてきた。

「志郎さんっ……はむううっ」

「ぬおッ……じゃ、じゃあ、俺も」

両手をまわしこみ、尻たぶをしっかり抱えこむ。その状態で首を持ちあげると、目の前で愛蜜を垂れ流す淫裂に吸いついた。

「ンああァッ！」

ペニスを咥えた唇の隙間から、くぐもった喘ぎ声が迸った。

人妻が夫ではない男とシックスナインをして悶《もだ》えているのだ。逞《たくま》しい男根をしゃぶりながら淫裂を舐《な》めまわされて、抱えこまれた尻たぶに悦楽の痙攣《けいれん》を走らせていた。

「いやらしい汁がどんどん溢れてきますよ」

花弁を唇で愛撫して、割れ目に舌先を忍ばせる。溢れる華蜜を啜《すす》りあげては飲みくだし、膣口《ちつこう》に舌をねじこんでいった。

「はああンっ、ダメぇっ」

奈緒はいったんペニスを吐き出して喘ぐが、すぐにまた亀頭を咥え直す。そして、反撃とばかりに長大な肉柱をすべて呑《の》みこんだ。

「おおおッ、す、すごいっ」

ペニスの根元を唇で締めつけられる。それだけで大量の我慢汁が溢れ出し、人妻の口内を満たしていった。

「ンっ……ンっ……」

奈緒がゆったり首を振りはじめた。唇が太幹の表面をねぶりあげて、敏感なカリを擦りあげる。目眩《めまい》がするほどの愉悦がひろがり、志郎の愛撫にも自然と熱が入った。

陰唇を一枚ずつ口に含み、ジュルジュルと音を立てて吸いまくる。さらには尖らせた舌先を蜜壺に挿入して、ゆっくりと出し入れした。愛蜜の分泌量が増えれば、すぐさま唇を密着させて吸いまくった。

「あうッ……あううッ」

奈緒の反応が大きくなる。くぐもった喘ぎ声を漏らしながら、首振りのスピードをあげていく。ニチャッ、クチュッと唾液の弾ける音が響いていた。あの奈緒がここまで大胆になるとは思いもしなかった。

「ううッ、き、気持ちいいっ」

たまらずつぶやけば、それが引き金になったように奈緒は思いきりペニスを吸い立ててきた。

「あむううッ」

「ぬおおッ、す、すごいっ」

魂まで吸い出されそうな吸茎だ。これ以上つづけられたら志郎のほうが先に追いこまれてしまう。慌てて愛撫を中断して奈緒を隣におろした。

「な、奈緒さん、そろそろ……」

彼女の膝を割って入りこむと、唾液にまみれたペニスを陰唇にあてがった。

「あっ……」

触れただけで女体にぶるるっと震えが走り抜けた。

熱い肉棒の感触が刺激になったのか、それとも不貞を犯すと思っただけで背徳感がふくれあがったのか。おそらくその両方だろう。奈緒は期待に潤んだ瞳で見あげてきた。

「志郎さん……来てください」

彼女は夫以外のペニスを求めている。志郎は躊躇することなく、ゆっくり腰を押し進めた。

「行きますよ……ふんんッ」

亀頭が二枚の陰唇を押し開き、巻きこみながら埋没していく。濡れた膣粘膜が亀頭を包みこみ、膣口がカリ首を締めつけた。

「あううッ、お、大きいっ」

女体が仰《の》け反《ぞ》り、甘い嬌声《きょうせい》が迸る。乳房がプルンッと弾み、白い下腹部が艶めかしく波打った。

「くううッ、締まってますよ」

志郎も呻きながら、さらにペニスを挿入する。みっしりつまった媚肉《びにく》を、肉刀の切っ先で掻《か》きわけていく。張り出したカリが膣襞《ひだ》を抉《えぐ》ると、女壺全体が驚いたように蠕動《ぜんどう》した。

「はううッ、ふ、太いっ、ああッ、太いですっ」

奈緒が眉を八の字に歪《ゆが》めて、首を左右に振りまくる。ウエーブのかかった髪が舞い踊り、白くて大きな乳房がタプタプ揺れた。

「うむっ……全部入りましたよ」

ついにペニスが根元まで収まった。ふたりの股間がぴったり密着して、陰毛同士が触れ合った。

「ふ、深い、あううッ、深いです」

奈緒は両手を伸ばすと、志郎の腰にまわしてきた。

男根の感触に怯えているのか、それとも感激しているのか、判断がつきかねる反応だ。いずれにせよ、感じているのは間違いない。女壺は思いきり収縮しており、肉棒をギリギリと食いしめていた。

「奈緒さんのなか、すごく気持ちいいです……ぬううッ」

志郎は快感をこらえて、ゆっくり腰を振りはじめた。

ペニスをじりじり引き出しながら、カリで膣壁を擦りあげる。亀頭が抜け落ちる寸前まで後退させると、再び根元まで押しこんでいく。すべてが収まってからも体重をかけて、男根の先端で子宮口を圧迫した。

「あううッ……お、奥に当たってます」

奈緒の瞳には涙が滲んでいる。未知の快感に恐怖を覚えながらも、肉体は歓喜していた。膣道はペニスをさらに引きこむように蠕動して、無数の膣襞がからみついてくる。その状態で抽送することで凄《すさ》まじい愉悦がひろがった。

「ううッ、こ、これは……」

奥歯を食い縛り、射精欲の波に耐えながら男根を抜き差しする。カリで膣壁を抉り立てて、亀頭で膣の最深部を小突きまくった。

「あっ……あっ……」

半開きになった奈緒の唇から、切れぎれの喘ぎ声が溢れていた。

志郎の腰にまわされた手に力がこもり、爪が皮膚に食いこんでくる。その痛みがピストンを加速させるスイッチになった。彼女が感じていると思うと、牡の本能に火がついた。

「おおッ、奈緒さんっ、おおおッ」

腰を振るほどに快感が大きくなる。興奮が興奮を呼び、ますますピストンに熱が籠もった。

「はああッ、こんなのはじめて」

奈緒が腰をよじりながら絶叫する。志郎はさらに力をこめて、掘削機《くっさくき》のように肉柱を打ちこんだ。

「これが好きなんですね……そら、そらッ」

「あああッ、そんなに強く……ぜ、全然違うっ」

もしかしたら夫と比べているのではないか。夫婦の寝室で不貞を働く背徳感が、愉悦を高めているのは間違いなかった。

「ああッ、すごい、あああッ、志郎さん、すごいのっ」

奈緒の喘ぎ声は高まる一方だ。

夫とのセックスでは味わえなかった愉悦を覚えているらしい。熟れた女体を悶えさせて、大量の愛蜜を垂れ流している。志郎がピストンするたび、いつしか股間をはしたなくしゃくりあげていた。

「くううッ、また締まってきた」

射精欲の波が押し寄せてくる。ここまで懸命に耐えてきたが、いよいよ最後の瞬間が急速に迫ってきた。

「き、気持ちいいっ、おおおッ」

「ああッ、ああッ、い、いいっ、いいっ」

志郎が呻けば奈緒も喘いでくれる。もう昇りつめることしか考えられない。ふたりは息を合わせて腰を振りたくった。

「おおおおッ、で、出そうだっ、奈緒さんっ」

「はああッ、志郎さんっ、来てっ、来てっ、来てくださいっ」

ピストンはいよいよ熱を帯びていく。亀頭の先端で膣奥を叩《たた》きまくり、ついに絶頂への急坂を駆けあがった。

「ぬおおおッ、出るっ、出るっ、ぬおおおおおおおおッ！」

肉柱を根元まで突きこみ、雄叫《おたけ》びとともに脈動させる。沸騰した大量のザーメンが尿道を駆け抜けて、子宮口に向かって勢いよく飛び出した。

「あああッ、い、いいっ、イクッ、イクイクッ、イッちゃううううッ！」

女体が大きく仰け反り、奈緒がアクメの絶叫を響かせる。乳首をビンビンにしながら乳房を弾ませて、男根をこれでもかと食いしめた。

「おおおッ、まだ出るっ、くおおおおおッ」

射精がとまらない。人妻の膣内でペニスが何度も跳ねあがり、白濁液を二度三度と放出した。

「あぁッ、すごいっ、あああッ、すごいのぉっ」

奈緒は両手を伸ばして志郎の背中にまわしてくる。ふたりの顔が近づき、どちらからともなく唇を重ねていた。

絶頂に達しながら舌を深くからませる。快感がより大きなものになり、吹き荒れるエクスタシーの嵐がふたりを天高く舞いあげた。

（ああっ、なんて気持ちいいんだ）

きつく抱き合って唾液を交換する。股間と唇と両方でつながったまま、絶頂の余韻をいつまでも堪能《たんのう》した。

まさか奈緒とこんな関係になるとは思いもしなかった。

彼女は一度だけの不倫だと言っていた。はたして、これで満足してくれただろうか。

気づくと奈緒は涙を流していた。

あまりにも深いアクメに驚いたのか、夫以外の男に抱かれて達したことで罪悪感を覚えたのか。いずれにせよ、志郎と肌を重ねることは二度とないだろう。最初で最後の交わりだった。

ふたりは名残《なご》りを惜しむように抱き合った。

次に会うときは、また友だち同士に戻っているはずだ。そして、今夜のことは永遠にふたりだけの秘密になるだろう。

第四章　未亡人の秘密

1

年が明けて一月——。

札幌はいっそう寒くなっていた。

まるで冷凍庫のなかで暮らしているような毎日だ。

今にして思うと十二月の寒さなど大したことはなかった。最高気温が零度を下回る日もあり、北国の厳しさを実感しているところだ。

すべてが雪に覆われてまっ白になり、まるで景色が変わってしまった。吹雪《ふぶき》の日などは、街中でも遭難するのではないかと本気で思うほどだ。

とてもではないが住めない。凍死する前に東京へ帰りたい。そんなことを考える毎日だった。

ところが一月も半ばになると、身も心も徐々に順応してくるから不思議なものだ。寒くてたまらないのは同じだが、耐えられないほどではなくなっていた。少なくとも、もう東京に帰りたいとは思わなかった。

それというのもジョイナスのおかげだ。

仕事を終えてあの店に行けば、誰かしら顔馴染《なじ》みの客がいる。この年になって友だちができると思っていなかった。どうでもいい話をして和む時間が、今はなにより貴重だった。

たまに常連客が来ない日もあるがマスターは必ずいる。世界のあらゆる料理が食べられるので飽きることがない。これほどの腕を持った料理人が、札幌の片隅にいることが不思議だった。

今日も志郎は仕事を終えると、狸小路商店街を足早に歩いていた。

外は雪がしんしんと降っており、アーケードのなかも凍えるほど寒かった。首に巻いたマフラーで口を覆い、背中を丸めてひたすら歩いた。

(今日も来ないだろうな……)

脳裏には由紀子の顔が浮かんでいる。足繁《あししげ》くジョイナスに通う理由のひとつに彼女の存在があった。

だが、期待はしていない。

大晦日《おおみそか》に会ったのが最後なので、もう二週間ほど顔を見ていなかった。あの夜、彼女を引き止めなかったことをいまだに後悔していた。

狸小路七丁目の角を曲がり、青い螺旋《らせん》階段を小走りにあがっていく。ジョイナスのドアを開けて店内に足を踏み入れる。ほっとするほど暖かくて、思わず大きく息を吐き出した。

「ああ、寒かった」

そんな志郎に視線が集まってくる。マスターはもちろん、カウンターには馴染みの顔がそろっていた。

「あっ、志郎さんだ」

最初に声をかけてきたのは典夫だ。人のよさそうな笑みを浮かべて、一番入口に近い席に座っていた。

「おう、ノリちゃん」

志郎も軽く手をあげて応える。ここで会ったからといって、あらたまって挨拶することはない。そんな関係がまた楽しかった。

「志郎さん、こっちこっち」

手招きしているのは桃香だ。典夫の隣に座っており、レモンサワーのグラスがカウンターに置いてあった。

「指定席、空けておきましたよ」

奥の席から奈緒も呼びかけてくる。いつの間にか、奥から二番目が志郎の指定席になっていた。

身体《からだ》を重ねた女性がふたりもいる。

どちらも一夜限りの関係だ。最初こそ意識してぎこちなかったが、今は友だちとして接することができていた。

とはいえ、彼女たちとすごした時間を忘れたわけではない。ふたりのおかげで志郎の心は救われた。東京でのつらかった出来事が、過去のことだと思えるようになっていた。

ふたりとも記憶に残る素敵な女性だった。これから先も一生忘れることはないだろう。

「志郎くん、いらっしゃい」

マスターが渋い笑みを向けてくる。いつもの場所、奈緒と桃香の間にコースターを置いてくれた。

「じゃあ、ハイボール、お願いします」

志郎はコートを脱ぐと、スツールに腰をおろしながら注文する。ここに座ると気持ちが落ち着く。一日の仕事がすべて終わり、ようやく気持ちがオフになる気がした。

ハイボールはすぐに出てきた。ひと口飲むと、さらに気持ちが和んだ。

（でも……）

頭の片隅では常に由紀子のことを気にしている。今夜も会えないと思っていたが、それでも密《ひそ》かに落胆していた。

「なにかあったんですか？」

ふいに声をかけられる。左隣を見やると、コロナビールの瓶を手にした奈緒がじっと見つめていた。

「いえ、なにも……」

由紀子のことを考えていたせいだろう。なにか悩んでいるように見えたのかもしれなかった。

「女の人のことでも考えてるの？」

今度は右隣の桃香がからかうように話しかけてきた。

「な……なんでもないよ」

自分では普通にしているつもりでも、端からは様子がおかしく見えるのだろうか。慌てて笑みを浮かべるが、頬の筋肉がこわばって上手《うま》くいかなかった。

「最近、由紀子さんの姿を見ていませんね」

ふとマスターがつぶやいた。

その言葉に反応して、志郎は無意識のうちにはっと見やった。すると、マスターは唇の端に微《かす》かな笑みを浮かべた。

「気になりますか？」

「べ、別に……」

ごまかそうとして慌てて視線をそらす。ところが、みんなの視線が自分ひとりに集中していることに気がついた。

「ど、どうしたんですか？」

両隣から奈緒と桃香が意味ありげな瞳を向けてくる。そして、こらえきれないといった感じでにやにや笑った。

「どうしたって言われても」

「ねえ」

ふたりは顔を見合わせて同時につぶやいた。

由紀子への想いがばれていたのだろうか。まさかと思いながらふたりの顔を交互に見やると、再び桃香が口を開いた。

「志郎さん、わかりやすいから」

「なっ……なにが？」

ついむきになって聞き返してしまう。瞬間的に顔が熱く火照り、鏡を見なくても赤くなっているのがわかった。

「みなさん、心配しているんですよ」

マスターが諭すように語りかけてくる。からかうわけではなく、ひどく真面目《まじめ》な口調になっていた。

「どういうことです？」

「カウンターのなかからだと、お客さまの顔がよく見えるんです」

厨房《ちゅうぼう》は客席より一段高くなっている。そのため、店内が隅々まで見渡せるという。マスターは普段から客のグラスが空になっていないか、料理が口に合っているかなどを、さりげなくチェックしていたらしい。

「それだけではないですよ。何年もお客さまの顔を見つづけていれば、だんだん考えていることもわかるようになってきます」

「そういうものですか……」

「常連さんならなおさらです」

客の心理がわかるとは驚きだが、これまでのきめ細やかなサービスを振り返ると、あり得るかもしれないと思った。

「おふたりのこと、悪く思わないでくださいね。志郎くんを元気づけたかっただけですから」

マスターは奈緒と桃香に視線を向けた。どうやら図星だったらしく、ふたりはばつが悪そうな顔をするだけで反論しなかった。

「志郎くんは、東京でいろいろあったみたいですね」

マスターがじっと見つめてくる。

視線が重なった瞬間、志郎は身動きが取れなくなった。まるで内心を見透かすような目だった。

「うっ……」

胸の奥の傷がずくりと疼《うず》いた。知られたくない過去を覗《のぞ》かれた気がして、志郎は思わずたじろいだ。マスターは奈緒と桃香の心理だけではなく、志郎のことも見抜いていたらしい。

「ジョージさん、あなたいったい……」

「ただの料理人です」

本人はそう言って謙遜するが、どう考えても普通の料理人ではなかった。

「ところで、由紀子さんのことですが――」

マスターが本題とばかりに切り出した。

「はじめてご来店いただいたときから気になっていたんです」

「由紀子さんが……ですか？」

「上手く言えませんが、危うい感じがしました」

さすがは人生経験豊富なマスターだ。由紀子をひと目見ただけで、なにかを感じ取っていたのだろう。

「いつか由紀子さんとお話していましたよね。男の人と歩いていたところを見かけたって」

「え、ええ……」

その話をしたのは確か大晦日だ。あのときマスターは黙っていたが、やはり会話は耳に入っていたのだろう。

「なにか気になりませんでしたか」

確かに由紀子の様子はおかしかった。そして、あの日以来、彼女はジョイナスに来ていないという。

「俺も……気になってました」

正直に告げるとマスターはこっくりうなずいた。

「由紀子さんといっしょに歩いていたという男のこと、詳しく教えていただけませんか」

「詳しくって言われても……」

他のみんなも志郎に注目している。なにやらおかしなことになってきた。奈緒と桃香、それに典夫の視線を感じていた。

「遠くから見ただけなんで、はっきりとは……太ってて、禿《は》げてて……年は多分、五十はすぎてたかな」

覚えていることを話すと、なぜか全員深刻な顔になってしまった。先ほどまでからかっていた桃香も眉間に皺《しわ》を寄せていた。

（なんだ……みんな、どうしたんだ？）

深刻な空気が耐えきれなくなったとき、ずっと黙っていた典夫が遠慮がちに口を開いた。

「あの、ちょっといいですか」

志郎が視線を向けると、それを了承と取ったらしい。典夫はそのまま話しつづけた。

「その男の人、どんな服装でしたか？」

「えっと、どうだったかな……」

由紀子の服なら覚えているが、男の格好となると記憶があやふやだった。

「作業着みたいなのを着てませんでしたか」

そう言われて思い出す。確かカーキ色のブルゾンを着ていた。その服のせいもあって、よけいに由紀子と釣り合っていない感じがしたのだ。

「そうだ、作業着みたいな服だった」

志郎が告げると、さらに場の空気が重たくなる。いったい、どういうことなのだろう。わかっていないのは志郎だけだった。

「ジョージさん、教えてくださいよ」

苛立《いらだ》ちを隠せず問いかけると、マスターは意を決したように話しはじめた。

「由紀子さんといっしょにいた男は、おそらく権藤金太郎《ごんどうきんたろう》です」

聞いたことのない名前だった。

「その人、何者なんですか？」

「ハゲでデブで、年齢は五十九歳。いつも薄汚い作業着を着ています」

志郎が首をかしげると、典夫が補足するように説明してくれた。

「裏通りで古物商をやってるの」

「金貸しもやってるらしいわ」

桃香と奈緒も話に割って入ってくる。どうやら、権藤という男はこの近辺では有名人らしい。しかも、悪い意味で名前が知れ渡っているようだ。

「僕、営業で外回りをしているから、いろいろなところでよく権藤の噂話《うわさばなし》を聞くんです」

言いにくそうに典夫が口を開いた。

「どこで聞きつけるのか、金に困っている人を見つけては、善人を装って近づくって話です」

つまりは高利貸しということらしい。調子よくどんどん貸して、違法金利でたっぷり儲《もう》ける。そんなえげつない商売をしているという。

「取り立てはかなりきついらしいです。札幌のハイエナなんて陰で呼ばれてる最低の男です」

「そうそう、それでお金を返せない人は……」

「男の人は肉体労働、女の人は身体で払わされるとか」

いやな噂話だった。

そんな男といっしょに由紀子は歩いていたのだ。しかも、みんなには言ってないが、腰をいやらしく抱き寄せられていた。

（まさか、由紀子さんは……）

聞いた話を踏まえて考えると、由紀子は権藤に借金があるのではないか。そして、返済が滞って身体を要求されている。信じたくないが、そう考えるのが一番しっくり来る気がした。

「ここに来ないということは、後ろめたい気持ちがあるのかもしれませんね」

マスターがぽつりとつぶやけば、桃香と奈緒、それに典夫が同時にこっくりうなずいた。

「だね……」

「やっぱり気分的にね……」

「僕たちのことを友だちだと思っているからこそ、きっと会いたくないんでしょうね」

納得せざるを得なかった。

由紀子は夫が生前お世話になった人だと言っていた。それはお金を借りたということではないのか。彼女の夫は癌《がん》で亡くなったと聞いている。医療費はさぞかさんだことだろう。

「そんな……由紀子さんは……」

志郎は息苦しさに襲われて、グラスに残っていたハイボールを飲み干した。

まるで通夜のような空気だった。

もう口を開く者はいない。マスターもいつの間に作ったのか、焼酎のウーロン割りを飲んでいた。

ガチャリ——。

どれくらい時間が経《た》ったのだろう。ドアが遠慮がちに開けられる音が、静かな店内に響き渡った。

2

店に入ってきたのは由紀子だった。

ただでさえ静まり返っていた店内に、さらに微妙な空気が流れてしまう。まさかこのタイミングで、噂の張本人が現れるとは誰も思っていなかった。

「こ……こんばんは」

志郎がかろうじて声をかけると、由紀子はほっとした表情を見せた。

「お久しぶりです」

声が少々硬かった。

おそらく、彼女も微妙な空気に気づいているのだろう。緊張した面持ちでコートを脱いでハンガーにかけた。

由紀子の横顔には憂いが滲《にじ》んでいる。疲れはてた目をしており、どこか儚《はかな》げに感じられた。なにか人には言えない秘密を抱えこんでいるのではないか。悲しげな瞳を見ていると、そんな気がしてならなかった。

「そ、そうだ。ちょっと相談があるんです。モモちゃん、ちょっとこっちに来てもらっていいですか」

唐突に典夫が声をあげた。

「え……なに?」

桃香は困惑した様子だが、典夫はスツールから立ちあがった。そして、桃香の手を引いてテーブル席に移動した。

「なになに、わたしも混ぜて」

奈緒も立ちあがり、ふたりを追いかけてテーブル席に移った。

(ノリちゃん、みんな……ありがとう)

志郎は心のなかで礼を言った。

三人は志郎と由紀子に気を使ってくれたのだろう。話の邪魔をしないように、カウンター席を空けてくれたに違いなかった。

「いらっしゃいませ」

マスターが志郎の右隣の席にコースターを出した。

「失礼します」

由紀子がスツールにそっと腰かけた。

今日は黒のタイトなワンピースに真珠のネックレスをつけている。意識したわけではないだろうが、まさに未亡人といった装いだった。

「なにを召しあがりますか」

マスターが声をかける。いつもは赤ワインだが、彼女はためらうように小首をかしげた。

「志郎さんは、なにを？」

「あ……ハイボールです」

志郎のグラスは先ほどから空になっている。由紀子の視線は氷だけのグラスに注がれていた。

「じゃあ、同じものをお願いします」

意外な注文だった。同じものを頼んでくれただけで、一気に距離が縮まった気がした。

「じゃ、じゃあ、俺もおかわりください」

志郎も慌てて注文すると、マスターは表情を変えずにうなずいた。

言葉はなくても背中を押されている感じがする。テーブル席に移動した三人も、こちらを気にしているのがわかった。

（みんな、俺のことを……）

結局、由紀子への気持ちは、みんなに気づかれていた。ばれていないと思っていたのは自分だけだった。

とにかく、今は由紀子をなんとかしなければならない。まずは権藤との関係を確認しておきたかった。

「お待たせしました」

由紀子と志郎の前にハイボールが置かれた。

「乾杯ですね」

志郎は緊張をほぐそうと無理をして微笑《ほほえ》んだ。

「乾杯……」

由紀子も応じてくれる。軽くグラスを合わせて、キレのいいハイボールで喉を潤した。

(どうして、急に来たんだろう?)

彼女の横顔をチラリと見て、素朴な疑問が湧きあがった。

ここのところ来ていなかったのに、彼女は突然やってきた。なにか心境の変化でもあったのだろうか。

しかし、なにかいいことがあったようには見えない。相変わらず陰があり、話しかけづらい雰囲気だった。権藤のことをストレートに尋ねたところで、なにも教えてくれないだろう。

誰にだって秘密はある。人に言いたくないこともあるはずだ。

（俺だって……）

まだ誰にも話していないことがある。自分のなかで消化しきれていないことを抱えこんでいた。

だから、彼女が言えない気持ちはわかるつもりだ。

それでも苦しんでいるなら相談してほしい。なにか力になれることがあるかもしれない。とにかく、彼女のことを助けたかった。

（どうやったら話してくれるんだ……）

予想しているとおりなら、かなりデリケートな問題だ。聞き方を誤ると、なおさら内に籠もってしまう可能性もあった。

ただ、ここに来たということはまだ望みがある。本心では助けを求めているはずだ。誰かに話を聞いてもらいたいと思っている。だから、ときどきジョイナスに来るのではないか。

（きっとそうだ……俺と同じなんだ）

由紀子はどこか物憂げな表情を浮かべながら、ハイボールを味わうようにゆっくり飲んでいる。彼女に本当の笑顔を取り戻してあげたかった。

「ジョージさん……」

志郎はおもむろに切り出した。

「俺……秘密にしていたことがあるんです」

緊張で声が震えそうになるのをなんとかこらえる。

マスターはグラスを磨く手をとめて、志郎に視線を向けてきた。テーブル席の奈緒と桃香、それに典夫も注目しているのがわかった。

（俺にできることは、これくらいしか……）

自分が秘密を打ち明けることで、由紀子の頑《かたく》なな気持ちをほぐしたい。そして、彼女も話す気になってくれることを願いながら口を開いた。

「二年前、突然、妻に離婚を切り出されたことは話しましたよね。その理由なんですが……」

そこでいったん言葉を切ると、小さく息を吐いて気持ちを落ち着かせる。もちろん隣の由紀子にも聞こえているはずだが、彼女の視線はカウンターの奥に向けられていた。

「じつは……妻は末期癌だったんです」

場の空気が凍りつくのがわかった。隣でグラスを持っている由紀子も身をこわばらせた。

「離婚したときは、すでに胃癌のステージ4でした。妻が亡くなってから向こうの両親に知らされたんです」

マスターはなにも言わず、志郎の話をじっと聞いている。他のみんなも黙っているが、誰かに咎《とが》められるような気がして怖くなった。

「妻は他に好きな男ができたから離婚してくれと言いましたが、それはウソでした。本当は自分が助からないとわかり、やつれて死んでいく姿を俺に見せたくなかったんです。だから、ウソをついてまで離婚を……」

そこで耐えられなくなり、ハイボールをぐっと飲んだ。グラスが空になると、マスターが黙っておかわりを作ってくれた。

「俺、なんにも知らなくて、どうして離婚なんだろうって……」

正直、妻を恨んだときもあった。裏切られたと思って酒を浴びるように飲んだ夜もあった。

だが、真実はまったく違っていた。妻は志郎を愛するが故、離れることを選択したのだ。

「妻が亡くなったのは離婚して一年後のことでした。妻は……早織は自分が死ぬまで、俺には知らせないでほしいと言っていたそうです」

ここまで詳しく人に話すのははじめてだった。

妻の癌に気づいてあげられなかったこと、別れを切り出されて妻の本心に気づいてあげられなかったこと、そして妻の死に目に会えなかったこと……。いくつものショックが重なり、抜け殻のようになってしまった。

仕事が手につかずミスを連発した。周囲に迷惑をかけているのはわかっていたが、どうすることもできなかった。

そんなある日、すべてを知っている上司が心配して、札幌に転勤して気分転換することを提案してくれたのだ。

「本当のことを言うと、もうどうでもよかったんです。今だからわかりますけど、生きる気力すらなかったんですね。あっ、もちろん今は違いますよ」

みんなが心配すると思って、慌てて言い直した。

「俺、札幌に来て本当によかったと思ってるんです」

心からの言葉だった。

あのまま東京にいたら、どうなっていたかわからない。突発的に駅のホームから列車に向かって飛びこんでいたのではないか。あるいはふらふらと雑居ビルの屋上にのぼり、ダイブしていたかもしれない。

「こうして友だちができて、仕事終わりに美味《おい》しいお酒が飲める。それが本当に楽しくて、俺はもう……もう……ひ、ひとりじゃないんだって……」

こらえきれずに声が震えてしまう。すると、マスターが穏やかな声で語りかけてきた。

「みんながいます。大丈夫ですよ」

胸に染みる温かい声音だった。

テーブル席からも視線を感じる。思わず振り返ると、桃香と奈緒が涙を拭っていた。典夫まで鼻を啜《すす》っている。目が合うと三人は何度もうんうんとうなずいてくれた。

(みんな……なに泣いてんだよ)

志郎も鼻の奥がツンとなってしまう。こみあげてくるものがあり、懸命に涙をこらえた。

「俺は、ジョージさんとみんなに助けてもらったんです。だから……」

だから由紀子さんのことも助けたい。

そう心のなかでつぶやくが、言葉にすることはできなかった。彼女には彼女の考えがあるだろう。強制するのではなく、彼女が自ら心を開いてくれるのを待つしかなかった。

志郎が黙りこむと、店内は静寂に包まれた。

マスターも口を開くことなく、焼酎のウーロン割りを口に運んでいる。テーブル席の三人も黙って酒を飲んでいた。

(やっぱりダメか……)

そう思ったときだった。美由紀が手にしていたグラスのなかで、氷がカランッと微かな音を立てた。

「わたしの夫も癌でした」

美由紀がぽつりとつぶやいた。

自分の意志で口を開いてくれたのだ。彼女の周囲に築かれていた高い壁が、少しずつ崩れていくのがわかった。

「もう治療できないと言われて、余命宣告まで受けて、絶望的な気持ちになりました」

彼女の夫は食道癌だったと聞いている。淡々とした口調が、かえって悲しみの大きさを物語っている気がした。

「どうせ助からないなら、わたしもいっしょにという気持ちでした。夫に頼んで、ふたりで宗谷岬《そうや》に行きました。入水自殺するつもりだったんです」

衝撃的な告白だった。

全員が息を呑《の》み、由紀子の話を聞いていた。

愛し合っているからこそ、夫婦で命を絶とうとしたのだろう。そこまでしても離れたくなかったということだ。実際に宗谷岬まで行ったときは、凄絶な覚悟をしていたに違いない。

志郎たち夫婦とは、まったく異なる選択だった。

だが、根本に流れるものは同じではないか。どちらも伴侶を思う気持ちからの行動だった。

「わたしは本当に死ぬつもりでした。でも、直前で夫にとめられました。おまえは俺の分まで生きろ、そう言われて……今も……」

由紀子は言葉につまって黙りこんだ。

今も苦しんでいるのだろう。悲痛な表情から、彼女が抱えているつらさが伝わってきた。

「稚内で死を待つだけの日々でした。そんなある日、知人を介してある方から電話がかかってきたんです。札幌のいい病院を紹介する。お金の心配もしなくていいと言われて」

「その人って……」

黙っていられず、志郎は横から口を挟んだ。みんなも身を乗り出すようにして聞いていた。

「権藤という方です。本業は古物商ですが、末期癌の人たちに札幌の病院を紹介しています」

その話を聞いた瞬間、頭をハンマーで殴られたようなショックを受けた。

権藤は病気で苦しんでいる人たちを食い物にしていたのだ。札幌の大病院を紹介すると言って、親切心を装い金を貸しつける。患者とその家族は藁《わら》にも縋《すが》る思いで、大金を借りても転院するのだろう。

「もしかして、借金があるんですか？」

彼女が被害に遭っていると思うと居ても立ってもいられない。ストレートに質問をぶつけていった。

「はい……」

由紀子は言いにくそうにつぶやいた。

医療費と入院費用に加えて、陽子線治療という保険適用外の治療を受けたため、借金は五百万円にふくらんだという。それでも夫の命は救えず、借金だけが残ってしまった。

「そのお金は、由紀子さんが借りたんですか？　それとも旦那さん名義で借りたのですか？」

さすがにマスターも黙っていられなかったらしい。カウンターの向こうで前のめりになって尋ねてきた。

「夫名義です。権藤さんはわたしの名前でと言ったんですが、夫がそれだけは頑として譲らなかったので」

「それなら、相続放棄をすれば返済義務はないはずですが」

「相続放棄はしました。夫が遺《のこ》してくれた生命保険があるので、とりあえず生活もできています」

由紀子はそう言うが、表情は冴《さ》えなかった。

相続放棄をした場合でも、生命保険は受け取れるという。それならば、もう権藤とかかわる必要はないはずだ。

（なにか、おかしいな……）

今ひとつ釈然としなかった。

実際に由紀子は権藤と会っている。腰を抱かれて歩いているところを見かけたのだ。どうして、あの男と会う必要があるのだろう。

みんなも同じことを考えているらしい。誰もがむっつり黙りこんで、むずかしい顔をしていた。

そのとき、誰かの携帯電話が鳴った。メールの着信音だ。由紀子がバッグから携帯電話を取り出してチェックをはじめた。

「ジョージさん、ごちそうさまでした」

なにがあったのか急いで会計をすませると、由紀子はスツールから立ちあがった。そして、マスターとテーブル席の三人に向かって丁重に頭をさげた。

「みなさん、お騒がせしました」

明らかに様子がおかしかった。

いったい誰からメールが来たのだろう。今からメールを送ってきた相手に会うのではないか。誰もがそう思うような行動だった。

「志郎さん……」

由紀子は志郎の目をまっすぐ見つめてきた。

瞳が切なげに潤んでいる。なにか言いたげな様子だったが、最後まで特別な言葉は語られなかった。

「いずれ、また……」

由紀子はそのひと言を残してジョイナスをあとにした。

ただの挨拶かもしれない。だが、志郎には今生の別れのように感じられた。このまま行かせてしまっていいのだろうか。

「志郎さん」

声をかけてきたのは桃香だ。奈緒も典夫もうながすように見つめてきた。

「みんな……」

「志郎くん、なにを迷っているのですか」

マスターの言葉に背中を押されて、志郎は勢いよく立ちあがった。

「お会計は次回でいいですよ」

「すみません、行ってきます」

コートを羽織りながら店から飛び出すと、螺旋階段を転げ落ちる勢いで駆けおりた。

（どこだ、由紀子さん……どこなんだ！）

はやる気持ちを懸命に抑えて、雪が舞い散る通りに目を凝らした。

3

歩道の遥《はる》か先に由紀子の後ろ姿が見えた。

雪が積もって足もとが滑るなか、志郎は必死に彼女の背中を追いかけた。由紀子が角を曲がって見えなくなる。焦って転び、雪まみれになってしまう。それでも、すぐに起きあがって走りつづけた。

角を曲がったところで、由紀子に追いついた。

由紀子はひとりではなかった。人気《ひとけ》のない路地で、カーキ色のブルゾンを着た男に抱きしめられていた。

でっぷり肥えた体に禿げあがった頭。権藤金太郎に間違いなかった。

「ゆ……由紀子さん」

躊躇《ちゅうちょ》したのは一瞬だけだ。恐ろしさはあったが、彼女を助けたい気持ちのほうが強かった。

「し、志郎さん」

由紀子が怯《おび》えきった声を漏らした。

権藤に対する恐怖というより、見られたくないところを目撃されてショックを受けているようだった。

「なんだね、キミは」

権藤が由紀子から離れて、志郎に向かってきた。

(うっ……で、でかい)

目の前まで迫ってくると、見あげるほどの巨体だった。目つきも鋭く、志郎は蛇ににらまれた蛙《かえる》のように固まっていた。

「なにか言いたいことでもあるのか?」

こういったことに慣れているのか、権藤はまったく動じる様子がない。それどころか志郎が怯えていることを見抜き、さらに態度が大きくなった。

「由紀子の知り合いか。あいにく、この女は俺のものだ。借金があるんだよ。貸したものは返してもらわないとね」

馴《な》れ馴《な》れしく由紀子のことを呼び捨てにする。さらには借金があるとはっきり言った。

「しゃ、借金は返さなくてもいいはずです」

勇気を振り絞って言葉を返す。由紀子を助けに来たのに、このまま押されて逃げ帰るわけにはいかなかった。

「なんだと?」

反論されて権藤が気色ばむ。それでも志郎は引かなかった。

以前、狸小路でチンピラにからまれたときの経験が役に立っている。こっぴどく殴られたことで、恐怖に対する免役ができていた。

「由紀子さんは相続放棄してるんです。だから、返済義務はないんですよ」

「相続放棄だとぉ?」

権藤が素っ頓狂な声をあげた。

どうやら、由紀子は相続放棄の手続きをしていたことを伝えていなかったらしい。寝耳に水といった感じで、権藤は完全に困惑していた。

「そもそも、法外な金利でお仕事をされているそうじゃないですか。知り合いに弁護士がいるんで、この場に呼びましょうか?」

はったりだった。知り合いに弁護士などいない。それでも弁護士と聞いて、権藤の顔色が変わった。

「チッ……弁護士は勘弁してほしいな」

裏稼業で長年稼いでいるだけあって、引き際を知っているようだ。しつこくつきまとえば面倒なことになる相手だと思ったらしい。意外にもあっさり手を引いてくれた。

苛立った様子でふたりを交互ににらんだが、それ以上はなにも言わず、巨体を揺すりながら去っていった。

（た……助かった）

安堵《あんど》してへたりこみそうになる。しかし、その前に由紀子が脱力して歩道に座りこんでしまった。

「だ、大丈夫ですか？」

慌てて駆け寄り、手を貸して立ちあがらせる。ところが、彼女は腰が抜けたようになって、ひとりで立っていることができない。権藤の呪縛から逃れられたことで、ほっとしたに違いなかった。

「ど、どこか休める場所は……」

すぐ目の前がラブホテルだということに気がついた。

由紀子を助けることばかり考えていて、ショッキングピンクのネオンが目に入っていなかった。

(や、やばい)

ヘンな誤解を招いてしまう。慌てて顔をそむけるが、しっかり由紀子に見られてしまった。

「そ、そこで……いいです」

由紀子がかすれた声でつぶやいた。

「い、いや、いくらなんでも……」

「いつもそこで……権藤さんと行くのはいやですけど、志郎さんなら……」

彼女の唇から紡がれたのは信じられない言葉だった。

権藤はこのラブホテルに由紀子を連れこむつもりだったらしい。それにも驚かされたが、さらに彼女は「志郎さんなら」とつぶやいたのだ。

「あぁ……」

由紀子が弱々しく喘《あえ》ぎ、膝から砕けそうになる。志郎は慌てて彼女の腰を抱え直した。

「と、とにかく、休みましょう」

外は零下で雪が舞っている。こんなところで立ちつくしていたら、ふたりとも凍死してしまう。

「休むだけですから……」

言いわけのように繰り返し、ふらつく由紀子を支えながらラブホテルに足を踏み入れた。

パネルで適当に部屋を選び、小窓からキーを受け取ってエレベーターに乗りこんだ。

これからラブホテルの一室でふたりきりになると思うと、なにか悪いことをしている気分になってしまう。早く部屋に入ってしまいたくて、ついつい歩調が速くなった。

ようやく部屋に辿《たど》り着き、由紀子をベッドに座らせた。

妖しげなパープルの照明が、部屋を隅々まで照らしている。それほど広くない部屋の中央にキングサイズのダブルベッドが置いてあり、横を見ると鏡張りのバスルームがあった。

（あの男、こんなところに由紀子さんを……）

権藤のことを思い出すと、沸々と怒りがこみあげてくる。

由紀子をこの部屋に連れこみ、身体で借金を返済させるつもりだったに違いない。先ほどの彼女の言動から察するに、すでに何度も肌を重ねている可能性が高かった。

由紀子はベッドに腰かけてうつむいていた。肩が小刻みに揺れている。悲しみがこみあげたのか、それとも安堵したためなのか、由紀子は声を殺して泣いていた。

「もう……大丈夫ですから」

なにかやさしい言葉をかけたかった。

「これからも、なにかあったら言ってください……俺が頼りなかったら、ジョージさんに言えば、きっと助けてくれますから」

志郎は肩を落とす由紀子の前に立って声をかけつづけた。少しでもいいから彼女の力になってあげたかった。

「わたしなんかのために……こんなに汚れてるのに……」

由紀子がぽつりぽつりとつぶやいた。耳を澄まさないと聞こえないほど弱々しい声だった。

「由紀子さんは汚れてなんていません。亡くなった旦那さんのために、これまで懸命にやってきたんです」

「でも、わたし……権藤さんに何度も……」

やはり抱かれていたのだ。あのいかにも好色そうな男に、この熟れた女体を弄ばれていた。借金が返済できないのならと、好き放題に貪られていたに違いなかった。

権藤に腰を抱かれて歩く由紀子を見かけた。その後、ラブホテルに入ったのは想像に難くない。大晦日の夜、由紀子は誰かに会うといってジョイナスから出ていった。おそらく、あのときも権藤に呼び出されたのだろう。

「くっ……」

思わず奥歯を強く嚙《か》みしめる。そのとき、ふと疑問が湧きあがった。

「生命保険で返済しなかったのですか？」

夫が亡くなり、生命保険が入ったと聞いていた。それを借金の返済に充てれば、こんな事態はさけられたのではないか。

「権藤さんの提案で、保険金はわたしの生活費にまわすべきだと……女ひとりでこれからの生活に困るからと言われて……」

「権藤がそんなことを？」

「旦那さんが遺してくれた大切なお金だから、自分のためにに使ったほうがいいって……」

呆《あき》れた男だった。美しい未亡人を自分のものにするために、調子のいい言葉を並べて言いくるめたのだろう。

「どうして従ったんですか……あんな男の言いなりにならなくても……相続放棄だってしていたのに」

「権藤さんは悪い人です……でも、あの人が札幌に呼んでくれたことで、夫は最新の治療を受けることができました」

由紀子は絞り出すような声で語ってくれた。

「それでもダメだったのですから……」

余命宣告を受けてからも、最善をつくすことができた。遺された家族にとって、それだけが心の支えとなっているのだろう。

志郎も妻を癌で亡くしているので、由紀子の気持ちがよくわかった。

（妻に最新の治療を受けさせていれば、もしかしたら……）

どうしてもそう思ってしまう。

妻は末期癌だった。なにをしても無駄だったかもしれない。それでも、最後になにもしてあげられなかったのは心残りだった。

「権藤さんには感謝しています。だから、借金はきちんと返済しようと……」

相続放棄はしたが、借金を返済しないことに罪悪感を抱いている。権藤はそこにつけこんだのだろう。

「わかっていたんでしょう。権藤はそういう男だって」

「もう、どうでもよかったんです」

夫を亡くしたことで生きる希望を失い、自暴自棄になっていた。だからといって、「俺の分まで生きろ」と夫に言われた言葉が頭にあり、自ら命を絶つこともできずにいた。

「どうなってもいいと思って……」

「それで、言いなりに？」

「はい……めちゃくちゃにされました」

由紀子がゆっくり顔をあげる。見つめてくる瞳から大粒の涙が溢《あふ》れて、静かに頬を伝い落ちていった。

「め、めちゃくちゃって……」

いったい、なにをされたのだろう。あの卑劣な男のことだから、よほど激しく抱いたに違いなかった。

「志郎さん……忘れさせてください」

切実な瞳を向けられて、志郎は思わず立ちつくした。

「俺にはなにも……」

彼女の悲しみを癒すことなどできるはずがない。権藤の手から救い出すことはできても、ここから先は彼女が選んだ男の役目だった。

「わたし、このホテルで抱かれたんです。だから、今ここで権藤さんにされたのと同じことをしてほしいんです。そうすれば、きっといやなことを全部、忘れられると思うから……」

由紀子の言いたいことはわかったが、本当に自分でいいのだろうか。不安が心につきまとっていた。

「後悔……しませんか?」

「志郎さんに抱いてほしいんです。わたしを助けてくれた志郎さんに……」

言葉の端々から強い決意が伝わってくる。志郎も覚悟を決めてうなずくと、由紀子はすっと立ちあがった。

4

「いつもストリップをさせられました」

由紀子はコートを脱ぐと、目の前で黒いワンピースもおろしていった。女体に纏《まと》っているのは黒いシルクのブラジャーとパンティ、それにガーターベルトとセパレートタイプのストッキングだ。真珠のネックレスはつけたまま、黒髪をアップにまとめてゴムで束ねた。

（こ、これは……）

志郎は思わず言葉を失った。

黒いカップで寄せられた乳房は、雪のように白くて滑らかだ。腰は緩やかな曲線を描いてくびれており、尻には脂がたっぷり乗っている。三十四歳の熟れきった女体は、噎《む》せ返るほどの色香を放っていた。

淑《しと》やかな容貌からは想像がつかない、艶《なま》めかしい身体つきだった。

それでいながら、下着姿で立っている由紀子は未亡人のイメージを強く残していた。黒いシルクのランジェリーが、あつらえたように似合っている。まさか普段からこんな格好をしているのだろうか。

「権藤さんに命じられていました。このほうが未亡人を犯すみたいで興奮するんだって……」

由紀子はそう言って視線を落とした。

今夜、この格好で権藤に抱かれるはずだった。この熟れた女体を、あの男が好き放題に嬲《なぶ》る予定だったのだ。

「あ、あんなやつに……」

すでに権藤が抱いたと思うと、嫉妬の炎がメラメラと燃えあがる。それと同時に異様な興奮も湧きあがり、志郎は急いで服を脱ぎ捨てて裸になった。ペニスは早くも屹立《きつりつ》して、先端には我慢汁が滲んでいた。

一気に挿入したいところだが、権藤にされたのと同じことをする約束だ。志郎は鼻息を乱しながら、目の前の女体に視線を這《は》いまわらせていた。

「ああ……志郎さん」

由紀子も熱い瞳を向けてくる。そそり勃《た》った男根を見つめて、艶っぽいため息を漏らしていた。

「これで縛ってください」

由紀子は脱ぎ捨ててあったネクタイを拾いあげて差し出してくる。志郎が受け取ると、彼女は背中を向けて両手を後ろにまわした。

「ま、まさか……権藤はいつもこんなことを?」

「は、はい……必ず縛られました」

彼女の声は微かに震えている。縛られることに恐怖しているのか、なにをされたか知られることを恥じているのか。

「お願いします。全部、忘れさせてください」

由紀子は腰の上で肘まで重ね合わせて、縛るように懇願してきた。

(本当にいいのか?)

志郎は迷いを拭えないまま、彼女の手首にネクタイを巻きつけていく。血流がとまらないように注意しつつ、ほどけないようにしっかり縛った。

「こう……ですか?」

声をかけると、由紀子はゆっくり振り返る。そして、唇を震わせながらうなずいた。

「あ……ありがとうございます」

心なしか息遣いが乱れている。まさかとは思うが、両手の自由を奪われて興奮しているのだろうか。

「このあとは、なにをされたんですか？」

緊張ぎみに尋ねると、由紀子はその場にすっとしゃがみこんだ。絨毯《じゅうたん》に両膝をつくことで、ペニスの高さと顔の位置が一致した。

「口で気持ちよくするようにと……はむぅっ」

屹立した男根に顔を寄せると、亀頭の先端に唇を押し当ててくる。柔らかい感触がひろがり、それだけで志郎は腰をぶるっと震わせた。

「ま、まさか……うううッ」

そのまま亀頭を咥《くわ》えこまれて、カリ首に唇が密着してくる。やんわり締めつけられることで、またしても甘い刺激が押し寄せた。

「ンっ……ンっ……」

両手を背後で縛られた由紀子が、ゆっくり唇を滑らせる。肉厚の唇で太幹を擦られる感触がたまらない。やがて肉柱がすべて口内に収まり、根元をキュッと締めつけられた。

「あふっ……はむンっ」

由紀子はペニスを咥えたまま、上目遣いに見あげてくる。その状態で舌を使って、亀頭や太幹を舐《な》めまわしてきた。

「ぬおおッ、き、気持ちいい」

思わず呻《うめ》き声が溢れ出す。唾液を載せた舌が、ヌルヌルと這いまわる感触がたまらない。ぶっくりふくらんだ先端をねぶったかと思うと、尿道口をくすぐられる。さらには舌先がカリの裏側にまで入りこんできた。

「そ、そんなところまで……くううッ」

志郎は仁王立ちしたまま、またしても呻き声を放った。

己《おのれ》の股間を見おろせば、あの由紀子が男根をしゃぶっているのだ。黒髪をアップにまとめて黒のランジェリーと真珠のネックレスをつけた未亡人は、どこか儚げで艶っぽかった。

「ご、権藤にも、こんなことを？」

志郎が声をかけると、由紀子はいったん悲しげに睫毛《まつげ》を伏せて、ゆったり首を振りはじめた。両手を背後で縛られているので、完全に唇だけを使ったフェラチオだ。

「ンふっ……はむっ……あふンっ」

あの男のペニスにも、きっとこうして奉仕していたのだろう。それを思うと異様な興奮が湧きあがってきた。

「も、もっと……もっと奥まで咥えてください」

権藤のことだから甘い顔はいっさい見せなかったはずだ。激しい奉仕を強要して、亀頭を喉の奥まで叩《たた》きこんだかもしれない。だが、さすがにそこまではできなかった。

「おごおおおおッ」

すると、由紀子は苦しげな声を漏らしながら自ら深く咥えこんできた。長大なペニスがすべて口内に収まり、さらに顔面を股間に押しつけてくる。陰毛に鼻先を埋《うず》めるようにして、亀頭を喉の奥まで迎え入れた。

「そ、そんなに、くおおッ、当たってます、喉の奥に……ううゥッ」

亀頭を喉で締めつけるディープスロートだ。同時に舌も使って肉胴をねぶられているため、凄《すさ》まじい快感が走り抜けた。

「す、すごいっ、うむッ」

両手を伸ばすと彼女の頭を抱えこんだ。無意識のうちに腰が揺れて、亀頭を喉の奥に打ちつけていた。

「あぐッ……むぐッ……おぐぅっ」

由紀子は涙を流しながら呻くが、それでも拒絶する素振りはいっさいない。ペニスをしっかり咥えて、舌も使いつづけていた。

(あの男に、こんなことされてたのか)

嫉妬と興奮が螺旋状にからまり、さらに大きくふくらんでいく。

すでにペニスは鉄棒のように硬直して、大量のカウパー汁を彼女の口内に振りまいていた。このまま射精したい衝動に駆られるが、志郎にはまだやらなければならないことがあった。

「ううっ……」

腰を引いて男根を引き抜くと、唾液と我慢汁が混ざり合い、亀頭と唇の間でトローッと糸を引いた。

「はあンっ……し、志郎さん」

由紀子は喉奥を散々突かれたことで涙を流している。後ろ手に縛られた状態でふらふら立ちあがると、志郎の胸板に唇を触れさせてきた。

大胸筋についばむようなキスを繰り返し、徐々に移動しながら乳首に近づいてくる。やがて乳首に到達したかと思うと、舌をねちっこく這わせてきた。すぐに甘い刺激がひろがり、乳輪ごとふくれあがった。

「ううっ、気持ちいいですよ」

志郎が呻くと、今度は前歯を乳首に立ててくる。硬くなって敏感になっているところを甘噛みされて、痺《しび》れるような快感がひろがった。

「くううッ、す、すごいですね」

「全部、権藤さんに教えられたんです」

由紀子は反対側の乳首にも吸いつき、同じようにねぶりまわしてきた。

いつもこうやって権藤に奉仕を強要されていたのだろう。中腰の姿勢がきつそうだが、それでも双《ふた》つの乳首を何度も往復して舐めつづけた。

「も、もういいですよ。次はどうするんですか？」

乳首は両方とも唾液にまみれて濡《ぬ》れ光っている。甘噛みでジンジンしたのを見計らって、再びねちっこく舐められるのがたまらなかった。

「ブラジャーをずらして……おっぱいを出してください」

手が使えないので自分ではできない。由紀子は頬を赤らめながらも、権藤にされたことを説明した。

「ず、ずらしますよ」

志郎はブラジャーの肩紐《かたひも》をずらすと、カップに両手の指をかけた。そして、じわじわとおろしていった。

「うおっ……」

ついにカップの下から双つの乳房がまろび出た。たっぷりとした柔肉が目の前で弾んでいる。新鮮なメロンを彷彿《ほうふつ》とさせる乳房だ。雪白の肌が描く曲線の頂点に、濃い紅色の乳首がちょこんと載っていた。

「み……見えました」

思わず喉がゴクリと鳴ってしまう。なにしろ、由紀子の乳首がすぐそこにあるのだ。触れてみたくてたまらなかった。

「ああ、そんなに見られたら……」

視線だけでも感じるのか、由紀子が腰をよじりはじめる。それでも、志郎の目を見つめて、権藤にされたことを告げてきた。

「乳首をいじめてください。口でいっぱい──あああッ」

彼女が言い終わる前にむしゃぶりついていく。乳房を揉《も》みあげながら、先端の乳首を口に含んでジュルジュルと音を立てて吸いまくった。

「あッ、ああッ、そ、それ……はああッ」

左右の乳首を交互にじっくりねぶると、瞬く間に充血してふくらんでくる。先端は硬く尖《とが》り勃ち、乳輪はふっくらと盛りあがった。

「もうこんなになってますよ」

そこに舌を這わせて喘がせると、不意を突いて前歯を立てる。彼女にされたのと同じように、硬くなった乳首を甘嚙みした。

「ひンンっ、い、いいっ」

女体をビクンッと震わせて、腰をくねくねとよじらせる。乳首を嚙まれるのが感じるらしく、内腿《うちもも》をもじもじと擦り合わせた。

「も、もっと……もっと強く嚙んでください」

由紀子が掠《かす》れた声で懇願してくる。乳首をビンビンに勃たせて、さらなる刺激を欲していた。

「こうですか？」

前歯で乳首を強めに嚙んだ。敏感になっているところに強い刺激を受けて、女体がビクンッと仰《の》け反《ぞ》った。

「ひあぁッ！」

悲鳴にも似た喘ぎ声が迸《ほとばし》る。しかし、痛がっている様子はない。むしろ腰のくねり方が大きくなり、瞳もトロンと潤んできた。

「こうやって乳首をいじめられたんですね」

権藤は女を責め嬲ることで興奮するようだ。由紀子を後ろ手に縛りあげて、徹底的にいじめ抜いていたのだろう。

（それなら、俺も合わせないといけないな）

執拗に乳首をしゃぶりまわしては甘嚙みして、由紀子に喘ぎ声と甘い悲鳴を交互にあげさせた。

「あぁっ、そ、そんな、乳首ばっかり……ひあああッ」

再び乳首に前歯を立てる。そうやって軽く痛みを与えてから、痺れているところに唾液をたっぷり塗りつけた。

「はああッ、も、もう、立ってられない……」

由紀子は背後のベッドに倒れこみ、そのまま仰向《あおむ》けになった。志郎はそれでも乳首から口を離さず、覆いかぶさってしゃぶりつづけた。

「あああッ、志郎さんっ」

甘い声を振りまき、首を左右に振り立てる。由紀子は歓喜の涙を流しながら感じていた。

「さてと、次はどうしますか？」

乳首への愛撫をようやく中断する。体を起こして見おろすと、由紀子は両腕を背後にまわした状態で女体を小刻みに震わせていた。

最初は遠慮していたが、それでは彼女のためにならないとわかった。権藤にされた記憶を消すくらい、ハードな愛撫《あいぶ》で感じさせなければならない。それが彼女の望んでいる唯一のことだった。

「つ、次は……後ろから……」

由紀子はダブルベッドの上で転がり、うつ伏せの姿勢で膝を立てた。尻を高く掲げる格好だが、両腕は縛られているので手をつくことはできない。上半身を低く伏せて、頬をシーツにつけた苦しい体勢になっていた。

「後ろから責められたんですね」

「は……はい」

「わかりました。たっぷり可愛《かわい》がってあげますよ」

昂《たかぶ》っているのに不思議なほど穏やかな声だった。だんだんいじめることに慣れてきたのかもしれない。背後から双臀《そうでん》を覗きこむと、パンティの股布部分はぐっしょり濡れていた。

「こんなに感じて、いやらしいですね」

布地の上から陰唇を押し揉んでみる。ニチュッと卑猥《ひわい》な蜜音が響き、由紀子は我慢できないとばかりに腰をくねらせた。

「はああンっ、そ、そこは……あああっ」

「どんどん溢れてきますよ。こんなに濡れたら気持ち悪いでしょう。脱がしてあげますね」

黒いシルクのパンティを引きおろすと、白くてむっちりした双臀が露《あら》わになった。脚から抜き取るが、由紀子はガーターベルトとセパレートタイプのストッキングを穿《は》いている。未亡人のセクシーなランジェリー姿が、牡《おす》の欲望を煽《あお》り立てていた。

「よく見せてください」

尻たぶに両手をあてがい、至近距離から股間を覗きこんだ。

濃い紅色の陰唇が、大量の華蜜で濡れ光っていた。二枚の花弁の隙間から、透明な汁がジクジク湧きだしている。見られることで興奮するのか、陰唇も物欲しげに蠢《うごめ》いていた。

「は……恥ずかしいです」

尻をくねらせて訴えてくる。男を知らないわけでもないのに、こうして観察されるのは恥ずかしいらしい。もっと嬲りたいところだが、志郎も興奮が抑えられなくなっていた。

「由紀子さんっ」

背後で膝立ちの姿勢を取ると、亀頭を女陰に押しあてる。上下にゆっくりなぞって馴染ませてから、膣口《ちつこう》にヌプリッと埋めこんだ。

「あううッ、は、入ってきますっ」

亀頭がはまった瞬間、彼女の背中が大きく反り返った。自ら尻を突き出すことで、さらに深くペニスがはまっていく。志郎も股間を迫《せ》り出して、太幹をどんどん送りこんでいった。

「ああッ……あああッ」

「くううッ、ぜ、全部入りましたよ」

ついに由紀子の蜜壺に男根を挿入した。深い場所でつながり、頭のなかが熱く燃えあがった。

(や、やった……由紀子さんとセックスしてるんだ!)

夢にまで見た瞬間が訪れた。毎晩のように妄想していたが、実現する日が来るとは思わなかった。

未亡人の蜜壺は熱く潤んでおり、蕩《とろ》けそうなほど柔らかい。膣壁が常に波打っていて、ペニスを甘くやさしく包みこんでいた。

「き、気持ちいい……くおおおッ」

さっそく腰を振りはじめる。尻たぶを両手でわしづかみにして、肉柱を力強く出し入れした。

「い、いきなり、ああッ、あああッ」

由紀子も喘ぎ声をあげて反応してくれる。しかし、このままセックスしているだけでは駄目だった。

（あの男がやりそうなこと……）

腰を振りながら、尻たぶを軽く叩いてみる。すると、乾いた打擲音《ちょうちゃくおん》が響き、女体がビクッと反応した。

「ひああッ」

由紀子は裏返った嬌声《きょうせい》を放ち、背後で縛られた両手を強く握っている。膣の締まりがよくなり、愛蜜の量も増えていた。

「これが感じるんですね」

彼女の反応を見て、遠慮する必要はないと悟った。

腰を振りながら、再び平手を打ちおろす。尻たぶをパシッと叩くと、さらに女壺の締まりが強くなった。

「はあッ、ダ、ダメです」

口ではダメと言っているが、叩かれることに抵抗がなく女体は確実に反応している。おそらく権藤にもやられていたのだろう。膣は思いきり収縮して、肉柱をギリギリと食いしめていた。

両手で尻たぶを打ちまくる。乾いた音が響き渡り、後ろ手に縛られた女体は艶めかしくうねりつづけた。

「こんなことされて感じるんですか？」

腰を振りながら問いかけると、由紀子はペニスをさらに締めつける。権藤に開発されたのか、嬲られるたびに彼女は昂っていた。

「縛られて尻を叩かれて、後ろから犯されてるのに感じるんですね」

「そ、そんなこと、おっしゃらないで……」

「でも、由紀子さんのここは、俺のチ×ポをうれしそうに食いしめてますよ」

言葉でも嬲りながら、腰の振り方を激しくする。カリで膣壁を抉《えぐ》るようにして、思いきりペニスをピストンした。

「あああッ、い、いいっ、はあああッ」

その間も尻を叩いている。雪白の肌に赤い手形がつくが、構うことなく手のひらを打ちつけた。

「おおッ、締まる締まるっ」

縛りあげた未亡人をバックから犯している。しかも尻たぶを平手打ちしているのだ。自分がひどく悪い男になったようで、これはこれで興奮した。

「ああッ、ああッ、志郎さんっ」

由紀子が喘ぎ声をあげて、くびれた腰をくねらせる。肉柱を打ちこむたび、絶頂の階段を一段ずつあがっていくのが手に取るようにわかった。

「おおおッ、お、俺も、くおおおッ」

唸《うな》りながら腰を振る。くびれた腰をがっしりつかみ、いよいよ全力でペニスを叩きこんだ。

「は、激しいですっ、あああッ」

由紀子のよがり声が響き渡る。パープルの照明が降り注ぐなか、熟れた女体をうねうねと悶《もだ》えさせていた。

「くううッ、も、もうすぐ、もうすぐですっ」

絶頂を意識した途端、その瞬間は急速に迫ってくる。それでも奥歯を食い縛って突きまくった。

「ああッ、あああッ」

「き、気持ちいいっ、おおおッ」

ふと視線を向けると、臀裂の狭間《はざま》に由紀子の肛門《こうもん》がちらちら見えた。無意識のうちに手が伸びて、尻穴に指をあてがった。

「ひあッ、そ、そこは……そんなところはダメですっ」

反応がこれまでと違っている。由紀子は必死に拒絶して腰をよじらせた。

どうやら権藤もここには触れていないらしい。それなら、なおさら愛撫する価値がある。尻の穴を責められる強烈な快楽で、あの男の記憶をすべて塗りつぶせる気がした。

「いきますよ」

中指を肛門に押し当てて力をこめる。すぼまりが内側に開き、指を第一関節までヌプッと呑みこんだ。

「ひあああッ！」

由紀子は全身の筋肉を硬直させて、裏返った嬌声を迸らせた。同時に膣が締まり、ペニスをギリギリと締めつけてくる。自然とピストンが加速して、女壺を力強く突きまくった。

「ひいッ、あひいッ、いいっ、いいっ」

「す、すごい、こんなに締まって……おおおッ」

快楽の大波が押し寄せてきたかと思うと、気づいたときには巻きこまれて揉みくちゃにされていた。

「ぬおおおおッ、で、出るっ、くおおおおおおおッ！」

熟れた尻を抱えこみ、ペニスを深く埋めこんで脈動させる。ついに抑えこんでいた欲望を解き放ち、精液をドクドクと大量に放出した。

「あああッ、あ、熱いっ、ひあああッ、イクッ、イッちゃうううッ！」

由紀子は縛られた両手を強く握り、背中を反らしながら絶頂への階段を駆けあがった。アクメの声をラブホテルの一室に響かせて、膣に埋めこまれたペニスを締めつけた。

（ああっ、すごい……ついに由紀子さんと……）

人生で最高の射精だった。

志郎は最後の一滴まで注ぎこむと、力つきて彼女の背中に倒れこんだ。由紀子もう伏せになり、ふたりは密着して折り重なった。

ペニスはまだ彼女のなかに埋まったままだ。蜜壺に締めつけられて、甘い快楽の余韻がひろがった。

志郎は夢見心地《ゆめみごこち》で由紀子のうなじにキスをした。

この多幸感が永遠につづくものではないと、頭の片隅ではわかっている。でも今はなにも考えたくない。この蕩けるような女体の感触だけを、ただただ味わっていたかった。

第五章　最北端の恋

1

翌日、志郎はめずらしく定時に仕事を終えると、弾むような足取りでジョイナスに向かった。

昨夜のことをマスターに報告しなければならない。もう由紀子は権藤の手から解放された。晴れて自由の身になったのだ。

マスターと常連客のみんなが背中を押してくれたおかげで、志郎は由紀子を追いかけて助けることができた。勇気を出して本当によかったと思っている。みんなにも早く会ってお礼が言いたかった。

（ちょっと早すぎたな）

青い螺旋《らせん》階段の下まで来たとき、腕時計で時間を確認した。

夕方五時ちょうどにタイムカードを押して、すぐ会社を出たのでまだ五時半になったところだった。ジョイナスの開店時間は六時なので、いくらなんでも早すぎた。

「ううっ、寒っ」

だが、このままでは凍えてしまう。

マスターが来ていれば店のなかに入れてもらおうと思って、螺旋階段を小走りにあがった。

（おっ……）

窓から明かりが漏れているのが見えてほっとする。

どうやらマスターは仕込みの最中らしい。カウンターのなかに立って作業をしていた。

「ジョージさん……」

志郎はまだ「クローズ」の札がかかっているドアをそっと開いて、遠慮がちに声をかけてみた。

「ちょっと早すぎちゃいました。座っててもいいですか？」

いつもの渋い笑みで迎えてくれると思った。ところが、マスターはなにやら深刻な顔でカウンターから出てきた。

「志郎くん、これなんですけど」

いきなり白い封筒を差し出されて反射的に受け取った。

表にはお手本のような文字で「ジョイナスのみなさんへ」と書いてある。裏返してみると「黒谷由紀子」と記されていた。

「由紀子さんの手紙ですか？」

「さっき店に来たら、ドアの隙間に挟んであったんです。なかも見てください」

マスターにうながされて、白い便箋を取り出してひろげてみる。そこにはやはり、人柄が滲《にじ》み出ている丁寧な文字が並んでいた。

『ジョイナスのみなさんへ
みなさん、仲良くしてくださってありがとうございました。
短い間でしたが本当に幸せでした。このご恩は一生忘れません。

ジョージさんが選んでくれたカリフォルニアの赤ワイン、また飲みたかったです。

桃香ちゃん、素敵な人が見つかるといいですね。案外、近くにいるかもしれませんよ。

奈緒さん、旦那さんと仲良くしてくださいね。せっかく結婚したのだから幸せな家庭を築いてほしいです。

典夫さん、そろそろ勇気を出して告白してもいいころだと思いますよ。

志郎さん、昨夜は助けてくださってありがとうございました。

あなたと出会えてわたしは救われました。そして、最後にいい思い出ができました。本当にありがとうございました。

みなさんに直接お会いしてお礼を言いたかったのですが、決心が鈍りそうなのでお手紙でお許しください。

さようなら。

黒谷由紀子』

「なんですか、これ？」

手紙を読み終えた志郎は、思わずマスターの顔を見やった。

いやな予感がした。

まるで遺書のように見えなくもない。マスターも同じことを考えていたのだろう。険しい顔つきになっていた。

「ジョージさん、由紀子さんの電話番号わかりますか？」

「わかりません。どこに住んでるのかも知りません。志郎くんも知らないんですか？」

「まったく……全然……」

なにも知らないという事実に愕然《がくぜん》とする。ずっと想っていたのに、彼女と連絡を取る術《すべ》がいっさいなかった。

おそらく、他のみんなも同じだろう。この店に来れば会えるので、わざわざ互いの連絡先を交換するという意識がなかった。

（まさか、このまま自殺なんて……）

心のなかで「自殺」とつぶやいたことで、ますます不安になってきた。

もしそうなら、なんとかして引き止めなければならない。急いで捜さなければ手遅れになる。しかし、住んでいるところもわからなければ、彼女が向かいそうな場所も思いつかなかった。

懸命に考える。由紀子と交わした会話のなかにヒントがあるかもしれない。必死に記憶を掘り返した。

「あっ……宗谷岬」

彼女が自ら命を絶つとしたら宗谷岬を選ぶのではないか。絶望の淵《ふち》に立たされて、亡き夫と一度は向かった場所だった。

志郎は携帯電話を取り出すと、稚内に向かう列車の時刻を急いで調べた。札幌発十八時三十分が最終だ。まだ間に合う。これに乗れば今夜中に稚内に到着する。そこから宗谷岬に行く方法はあとで考えればいい。

「俺、今から宗谷岬に向かいます」

簡単に行ける距離ではないが、居ても立ってもいられなかった。

「わたしも由紀子さんの連絡先を探る方法を思いつきました。権藤です。あの男なら知っているでしょう」

マスターの言葉にはっとする。なるほど、高利貸しのあの男が連絡先を知らないはずがなかった。

「ただ、すぐに権藤が捕まるとは限りません。とりあえず、志郎くんは稚内に向かってください。携帯にメールします」

マスターと連絡先を交換して、志郎は急いでジョイナスを飛び出した。

2

札幌駅から十八時三十分発のライラック35号に乗りこんだ。

途中、旭川《あさひかわ》でサロベツ3号に乗り換えれば、二十三時四十七分に稚内駅に到着する。そこから先は、携帯電話で調べたところバスの最終に間に合わないのでタクシーに乗るしかないだろう。

不安な気持ちで車窓を流れる景色を眺めていると、携帯電話にメールの着信があった。マスターだ。

『権藤と連絡が取れました。由紀子さんの連絡先を聞き出して、アパートに行ってみましたが留守でした。携帯電話にも出ません』

最後に由紀子の携帯番号が書いてあった。

やはり宗谷岬に向かったのではないか。ただの勘でしかないが、そんな気がしてならなかった。

『ありがとうございます。俺は宗谷岬に向かいます』

短い文章を打ちこんでマスターに返信した。

明日の仕事はどうやっても間に合わない。こうなったら仮病を使って休むしかないだろう。当然ながら、仕事より由紀子の命のほうが大事だった。


予定どおり稚内駅に到着した。

とにかく人が少なくて淋《さび》しかった。それでも、駅前のロータリーにはタクシーが一台だけ客待ちをしていた。

「宗谷岬まで」

後部座席に乗りこむなり行き先を伝える。すると、白髪まじりの年配の運転手が怪訝《けげん》そうな顔で振り返った。

「今から宗谷に？」

「ええ、お願いします」

「なにをしに行くんです？　こんな時間、宗谷岬はまっ暗ですよ」

運転手はなかなか車を出そうとしない。一刻を争う事態なのに、こんなところで時間を無駄に使いたくなかった。

「とにかく出してください」

「いやいや、用件を教えてくださいよ」

「だから、急いでるんです」

焦るあまり、つい語気が荒くなってしまう。他にタクシーがいれば乗り替えているところだ。

「そうおっしゃいますけどね。乗っけたお客さんに自殺なんてされたらたまらないから」

「自殺なんてしませんよ。俺はとめにいくほうですから！」

苛立《いらだ》って言い放つと、運転手は目を大きく見開いた。

「誰か自殺しそうなんですか？」

「まだわからないけど、その可能性があるってことです」

「そりゃ大変だ。シートベルトしてください。飛ばしますよ」

運転手はハンドルを握るなり、いきなりアクセルを踏みこんだ。雪が積もっているというのに、タクシーは猛スピードで走り出した。

自殺の件に触れてしまった手前、なにも話さないわけにはいかなかった。仕方なく、惚《ほ》れた女性が宗谷岬に向かったかもしれないことを打ち明けた。

「きっと間に合いますよ」

そう言って何度も励ましてくれたのがありがたかった。

約三十分後、タクシーは宗谷岬に到着した。確かにあたりはまっ暗だ。タクシーはそのまま待ってもらって、志郎は周囲を歩いてみることにした。

タクシーのヘッドライトだけが頼りだ。

静かだった。波の音だけが不気味に響いていた。この真夜中に人がいるとは思えなかった。

(まさか、もう……)

不安に駆られながら、三角形の石碑に向かって歩いていく。すると「日本最北端の地」と刻まれた前に、なにか黒っぽい影があった。

(な……なんだ?)

恐るおそる歩み寄る。すると、その影が微《かす》かに動いた。

人だった。黒い服を着ていたのでまったく気づかなかったが、そこには人がうずくまっていたのだ。

「ゆ……由紀子さん」

由紀子に間違いなかった。黒いダウンコートを着て、カタカタと小刻みに震えている。いつからそこにいたのか、見あげてくる瞳は虚《うつ》ろだった。

「し……志郎さん、ど、どうして……」

声にも力がないが、意識はしっかりしているようだ。志郎は思わず駆け寄り、しっかりと抱きしめた。

「よかった……由紀子さん」

涙が溢《あふ》れて頬を伝った。

彼女の身体《からだ》は冷えきっていた。懸命に背中を擦《さす》りながら、志郎は耳もとで語りかけた。

「バカなこと考えないでください。由紀子さんがいなくなったら悲しむ人がたくさんいるんですよ」

「そんな人……」

「いるんです。俺は由紀子さんと出会って救われました。もう由紀子さんなしでは生きていけません」

きっぱりと言いきった。本気でそう思っていた。だからこそ、札幌から宗谷岬まで三百キロ以上も追いかけてきたのだ。

「志郎さん……」

「好きです。俺、由紀子さんのことが好きです」

勢いのまま告白する。昨夜は肌を重ねたが、気持ちを伝える雰囲気ではなかった。セックスをしたあとは照れもあり、ほとんど話をせずに別れたのだ。

「わたしも……志郎さんのことが好きです」

由紀子は震えながら答えてくれた。

彼女の瞳からも大粒の涙が溢れている。白い頬を伝って、顎の先から雪の上に滴り落ちた。

「お客さん、よかったねぇ」

気づくと運転手がすぐ近くで鼻を啜《すす》っていた。

「早く温めたほうがいい。車に乗ってください」

「はい、ありがとうございます」

由紀子の肩を抱いて後部座席に乗りこんだ。

ヒーターを全開にしてくれたので、車内はすぐに暖かくなった。先ほどとは打って変わった安全運転で、タクシーがゆっくり走り出した。

3

一時間後、志郎と由紀子は稚内市内のラブホテルにいた。とはいっても札幌のような派手なホテルではない。昭和感溢れる畳敷きの古臭い宿だった。

まずは冷えきった身体を温めようと風呂に入った。タイル張りの浴室は意外に広くて快適だ。湯船も大きく、ふたりでゆっくり浸《つ》かることができた。

志郎の脚の間に、黒髪を結いあげた由紀子が座っている。背中を志郎に預けているため、目の前に白いうなじが迫っていた。

宗谷岬まではタクシーに乗ったという。人と待ち合わせだと言ったら、とくに疑われることはなかったらしい。運転手によってずいぶん応対が違うものだ。あと少し遅れていたら、由紀子は命を落とすところだった。

「もう二度としないと約束してください」

耳もとで囁《ささや》きかけると、彼女はこくりとうなずいてくれた。

「志郎さんがいてくれるなら……」

「はい、ずっといっしょです」

女体を強く抱きしめる。手が乳房に触れて柔らかく形を変えた。

「あっ……」

由紀子の唇から小さな声が溢れ出す。指先が乳首をかすめて甘い刺激が走ったらしい。彼女が腰をよじったことで、浴槽の湯が大きく波打った。

「もう寒くないですか？」

「はい、大丈夫です」

由紀子が火照った顔で振り返る。先ほどまで蒼白《そうはく》だったが、すっかり血色がよくなっていた。

「よかった……」

それならばと、今度は意識的に手のひらを乳房にあてがった。両手で双《ふた》つの柔肉をゆったり揉《も》みあげた。

「あンっ」

由紀子はすべてを受けとめてくれる。それがうれしくて乳房を揉んでは、乳首をそっと摘《つ》まんで転がした。

「あっ……あっ……」

彼女の甘い声が浴室に反響する。熟れた女体は敏感に反応して、双つの乳首は瞬く間にぷっくりとふくらんだ。

「もう硬くなりましたよ」

「志郎さんだって……」

由紀子が軽く腰を揺らすと、股間に甘い刺激が走り抜ける。勃起したペニスが、湯船のなかで彼女の尻に触れていた。

「すごく硬くなってます」

悪戯《いたずら》っぽく笑うと、由紀子は片手を背後にまわしてくる。そして、屹立《きつりつ》した男根をそっと握りしめた。

「うっ……」

ゆっくりしごかれて、たまらず両脚がつま先までピンッと伸びきった。肉棒の先端から溢れた我慢汁が、湯のなかにひろがっていく。彼女の繊細な手つきが、新たな快楽を次々と生み出していた。

「ああ、硬いです。志郎さんのこれ……」

湯のなかでしごかれて、どんどん硬さを増していく。興奮もふくれあがり、乳房を揉む手つきに熱が籠もった。

「ああンっ、乳首ばっかり……」

「いやですか?」

「もう意地悪ですね……いやじゃないです」

由紀子はそう言うなり、勃起した男根をキュッと握ってきた。さらにはしごくスピードをあげて、敏感なカリ首を集中的に擦りたてた。

「ううッ、ま、待ってください」

思わず訴えるが、由紀子はやめてくれない。リズミカルに肉柱をしごいて、志郎をあっという間に追いこんだ。

「ほ、本当に……ううッ」

これ以上つづけられたら暴発してしまう。慌てて腰をよじり、彼女の乳首を摘まみながらうなじに吸いついた。

「はあンっ、ダメです」

由紀子は太幹から手を離して肩をすくめる。よほどくすぐったかったのか、湯船のなかで身体を反転させて股間にまたがってきた。対面座位の体勢だ。湯船がひろいので可能なことだった。

「うっ……当たってますよ」

「あンっ、硬いのが……あぁッ！」

先端がクチュッとはまり、由紀子が首にしがみついてくる。さらにペニスが沈みこみ、そのままズブズブと完全に埋没した。

「おおッ、ふ、風呂のなかで……」

「あああッ、入ってしまいました」

潤んだ蜜壺が、肉柱を深々と咥《くわ》えこんでいる。じゃれ合うようにしながらの挿入が楽しくて、心までほっこり温かくなった。

昨夜の交わりとはまったく違う。心までつながっていると感じる、愛する者同士のセックスだった。真下から股間を突きあげると、由紀子は慌てた様子でしがみついてきた。

「あンっ、奥まで来てます、ああンっ」

いくら湯船のなかで浮力が働いているとはいえ、股間に体重が集中しているのは同じだ。結果としてペニスが深い場所まで突き刺さり、先端が子宮口を小突いていた。

「おおッ、奥に当たってますね」

「はああンっ、こんなのって……ああッ、深すぎます」

「でも、嫌いじゃないでしょう？」

「は、はい……あッ……あッ……」

由紀子の喘《あえ》ぎ声が響き渡り、浴槽の湯が大きく波打つ。ペニスが甘く締めあげられて、早くも射精欲が湧き起こった。

「由紀子さん……好きです」

あらたまって告げると、顔を近づけて唇を重ねた。

「わたしも、好き……はンンっ」

彼女は唇を半開きにして、志郎の舌を受け入れてくれる。自然と舌がからみ合い、ディープキスに熱が入った。

「あふンっ、志郎さん、はむンンっ」

うっとり瞼《まぶた》を半分落とした由紀子の表情が艶っぽい。上の口と下の口で同時につながり、蕩《とろ》けるような快楽に浸っていた。

「ああンっ、い、いい、はああンっ、いいです」

彼女の喘ぐ声に釣られて、股間を突きあげるテンポが速くなる。亀頭をグイグイねじこみ、女壺を抉《えぐ》りまくった。

「そ、そんなに激しく……あああッ」

「くううッし、締まってきました」

「ああッ、ああッ、も、もう、わたし……」

どうやら限界が迫っているらしい。由紀子は志郎の肩にしがみつき、剛根で貫かれる快楽に溺れていた。

「あッ、ああッ、いいっ、すごくいいの、はあああッ」

「ううッ、お、俺も、気持ちいいです」

志郎も呻《うめ》き声を抑えられなくなっている。女体をしっかり抱きしめて、欲望のままにペニスを叩《たた》きこんだ。

「はああッ、も、もうダメです、あああッ、イッちゃいそうっ」

由紀子が仰《の》け反《ぞ》り、女壺を思いきり収縮させる。ペニスが締めあげられて、射精欲が一気に限界を突破した。

「おおおッ、で、出るっ、出ますっ、おおおッ、ぬおおおおおおッ！」

「い、いいっ、ああッ、イクッ、イキますッ、あぁあああああああッ！」

ついにふたり同時に昇りつめていく。湯船のなかで腰を振り合い、絶頂の快楽を共有した。身も心も溶け合うような一体感を味わい、もう二度と離れることはないと実感した。

まだ蜜壺のなかでペニスが痙攣《けいれん》している。大量のザーメンを放出しながら、女体を強く抱きしめた。

もう一度、どちらからともなく唇を重ねて、舌を深く深くからめ合った。唾液を交換して嚥下《えんげ》することで、さらに一体感が高まった。

4

翌日の夜――。

志郎と由紀子はジョイナスのカウンター席に並んで腰掛けていた。

カウンターの向こうにはマスターがいる。奈緒と桃香、それに典夫の姿もあった。気の合う仲間たちと飲む酒は、最高に美味だった。

「本当によかったですね」

マスターが満面の笑みを浮かべている。これほど感情を露《あら》わにしている姿を見るのははじめてだった。

「信じていました。きっと踏みとどまってくれるって」

奈緒の瞳には涙が滲んでいた。

由紀子の手紙がきっかけとなり、昨夜、夫と話し合ったという。淋《さび》しい思いをしていることを伝えると、夫は困惑した様子だったが、なるべく出張を減らすことを約束してくれたらしい。仕事なのでむずかしい面もあるだろうが、夫婦で話し合いの場を持ったということが重要だった。

「心配しちゃいましたよ」

桃香が安堵《あんど》のため息を漏らしてつぶいた。

「でも、またお会いできてよかったです」

典夫も人の良さそうな笑みを浮かべている。彼もまた由紀子の手紙がきっかけで、意中の女性に告白した。

その相手は桃香だった。桃香は典夫の気持ちを受けとめて、ふたりはつき合うことになったという。

「ノリちゃん、よかったね」

志郎が声をかけると、典夫は涙ぐんでうなずいた。

「ありがとうございます。志郎さんも、本当に……」

どこまでもやさしい男だった。典夫はその大きな心で桃香を包みこんで、きっと幸せにするだろう。

「みなさん、ご心配おかけしました。本当に申しわけございませんでした。そして、ありがとうございました」

由紀子が立ちあがり、ひとりひとりの顔を見つめて頭をさげた。

「堅苦しいのはナシですよ」

マスターが声をかけてくる。わざと軽い口調でニコニコ笑っていた。

「そうですよ。わたしたち友だちじゃないですか」

奈緒も同調して笑顔を振りまけば、桃香と典夫も微笑を浮かべて何度もうなずいた。この店で会うだけなのに、昔からの友だちのような気がしてくるから不思議だった。

それというのも、マスターの人柄が滲み出ているからに違いない。この店を包みこむオーラがみんなをやさしくしているのだろう。

(由紀子さん、きっと幸せになりましょう)

心のなかで熱く語りかけた。

すると、まるで声が届いたかのように由紀子が振り返った。そして、視線を重ねて力強くうなずいてくれた。ふたりは心でつながっている。だから声に出さなくても気持ちが伝わるのだろう。

今度の休み、由紀子といっしょに住む部屋を探しにいく約束をしている。部屋が決まったら籍を入れるつもりだった。

「み、みんな、ありがとう……」

黙っていられなかった。

親しきなかにも礼儀ありという言葉もある。堅苦しいと思われようが、きちんと礼を言わなければ気がすまなかった。

「本当にありがとうございます！」

立ちあがって腰を折ると、みんなが拍手をしてくれる。ふたりの門出を祝うように、拍手はいつまでも鳴りやまなかった。

本書は書き下ろしです。

実業之日本社文庫　好評既刊

葉月奏太
ももいろ女教師　真夜中の抜き打ちレッスン
うだつの上がらない中年教師が、養護教諭や美人教師と心と肉体を通わせる……。注目の作家が放つハートウォーミング学園エロス！

は61

葉月奏太
昼下がりの人妻喫茶
珈琲の香りに包まれながら、美しき女店主や常連客の美女たちと過ごす熱く優しい時間――。心と体があったまる、ほっこり癒し系官能の傑作！

は62

葉月奏太
ぼくの管理人さん　さくら荘満開恋歌
大学進学を機に〝さくら荘〟に住みはじめた青年は、やがて美しき管理人さんに思いを寄せて――。ほっこり癒され、たっぷり感じるハートウォーミング官能。

は63

葉月奏太
女医さんに逢いたい
孤島の診療所に、白いブラウスに濃紺のスカートを纏った、麗しき女医さんがやってきた。23歳で童貞の僕は診療所で…。ハートウォーミング官能の新傑作！

は64

葉月奏太
しっぽり商店街
目覚めると病院のベッドにいた。記憶の一部を失っていた。小料理屋の女将、八百屋の奥さんなど、美女と会うたび、記憶が甦り…ほっこり系官能の新境地！

は65

藍川 京
散華
ガイドブック執筆のために京都を訪れたフリーライターの緋美花。街を歩いていると、オスを感じる男と出会って――。匂い立つ官能が胸を揺さぶる傑作！

あ111

実業之日本社文庫　好評既刊

睦月影郎
淫ら上司　スポーツクラブは汗まみれ
超官能シリーズ第1弾！　断トツ人気作家が描く爽快エロス。スポーツジムの更衣室やプールで、上司や人妻など美女たちと……。

む21

睦月影郎
姫の秘めごと
山で孤独に暮らす十郎。彼のもとへ天から姫君が降ってきた！　やがて十郎は姫や周辺の美女たちと……。名匠が情感たっぷりに描く時代官能の傑作！

む22

睦月影郎
淫ら病棟
メガネ女医、可憐ナース、熟女看護師長、同級生の母、若妻などと検診台や秘密の病室で……。病院官能小説の名作が誕生！（解説・草凪 優）
む23

睦月影郎
時を駆ける処女
過去も未来も、美女だらけ！　江戸の武家娘、幕末の後家、明治の令嬢、戦時中の女学生と、濃密なめくるめく時間を……。渾身の著書500冊突破記念作品。

む24

睦月影郎
淫ら歯医者
新規開業した女性患者専用クリニックには、なぜか美女が集まる。可憐な歯科衛生士、巨乳の未亡人、アイドル美少女まで。著者初の歯医者官能、書き下ろし!!

む25

睦月影郎
性春時代
目覚めると、六十歳の男は二十代の頃の自分に戻っていた。アパート隣室の微熱OL、初体験を果たせなかった恋人と……。心と身体がキュンとなる青春官能！

む26

実業之日本社文庫　好評既刊

睦月影郎
ママは元アイドル
幼顔で巨乳、元歌手の相原奈緒子は永遠のアイドルだ。大学職員の僕は、35歳の素人童貞。ある日突然、美少女が僕の部屋にやって来て…。新感覚アイドル官能！
む27

睦月影郎
性春時代　昭和最後の楽園
40代後半の春夫が目を覚ますと昭和63年（1988）に逆戻り。完全無垢な童貞君は、高校3年時の処女だった妻や、新任美人教師らと…。青春官能の新定番！
む28

睦月影郎
湘南の妻たちへ
最後の夏休みは美しすぎる人妻と！　純粋無垢な童貞君が、湘南の豪邸でバイトをすることに。そこにはセレブな人妻たちとの夢のような日々が待っていた。
む29

矢月秀作
いかさま
拳はワルに、庶民にはいたわりを。よろず相談所所長・藤堂廉治に持ち込まれた事件は、腕っぷしで一発解決。ハードアクション痛快作。（解説・細谷正充）
や51

桜木紫乃、花房観音 ほか
果てる　性愛小説アンソロジー
溺れたい。それだけなのに——人生の「果て」に直面し、夜の底で求め合う女と男。実力派女性作家が狂おしい愛と性のかたちを濃密に描いた7つの物語。
ん41

芥川龍之介、谷崎潤一郎ほか／末國善己編
文豪エロティカル
文豪の独創的な表現が、想像力をかきたてる。川端康成、太宰治、坂口安吾など、近代文学の流れを作った十人の文豪によるエロティカル小説集。五感を刺激！
ん42

実業之日本社文庫 は66

未亡人酒場《みぼうじんさかば》

2018年12月15日 初版第1刷発行

著 者 葉月奏太《はづきそうた》

発行者 岩野裕一
発行所 株式会社実業之日本社
〒107-0062 東京都港区南青山5-4-30
CoSTUME NATIONAL Aoyama Complex 2F
電話 [編集]03(6809)0473 [販売]03(6809)0495
ホームページ http://www.j-n.co.jp/
DTP ラッシュ
印刷所 大日本印刷株式会社
製本所 大日本印刷株式会社

フォーマットデザイン 鈴木正道(Suzuki Design)

ISBN978-4-408-55451-8（第二文芸）